ERLAND
D1665661

Der Hexer aus dem Kupferwald

Nikolai Bachnow

Der Hexer aus dem Kupferwald

Aus dem Russischen von Aljonna und Klaus Möckel
Einbandgestaltung und Illustrationen von Hans-Eberhard Ernst

2002 leiv Leipziger Kinderbuchverlag

1. Auflage 2002 Leipzig

Druck und Binden: Offizin Andersen Nexö, Leipzig
Printed in Germany

ISBN 3-89603-115-5

Erster Teil

Die schwarzen Kaktusmänner

EIN BELEIDIGTER ZAUBERER

Ein Sirren lag in der Luft, ein Klang, als würden sanfte Hände über tausend Gitarrensaiten streichen. Es kam vom Wind, der mit den Zweigen des Kupferwaldes spielte. Mittagszeit. Die Goldschwanzaffen dösten in den Baumwipfeln; ab und zu huschte ein Aluminiumfink zum nächsten Strauch.

Am Ende des Waldes, dort wo Dornenhecken und Stachelgestrüpp eine karge Ebene ankündigten, stand eine Hütte. Sie war stabil gebaut, aber ganz von Grünspan überzogen, denn ihre Wände bestanden aus Stämmen der Kupfereiche. Betrat man die Hütte, so schien sie nicht viel Raum zu bieten, doch der erste Eindruck täuschte. Eine geschickt in den Boden eingelassene Tür führte über eine Treppe nicht nur in einen Keller, sondern auch zu weiteren Wohnräumen. Sie waren mit Teppichen ausgelegt, möbliert und durch Leuchtsteine erhellt, wie es sie nur im Zauberland gab.

Hier war das Reich des Hexers Kaligmo, eines mürrischen Mannes von unbeschreiblicher Hässlichkeit. Mit seiner schiefen Nase im eckigen Gesicht, mit abstehenden Ohren und einer Warze auf der Stirn, mit kurzen Beinen und langen dünnen Armen hätte er ohne weiteres einen nächtlichen Gruselgeist spielen können. Sein abschreckendes Äußeres war auch der Grund, weshalb er in dieser Einöde lebte.

Doch Kaligmo hielt sich für einen bedeutenden Zauberer und Erfinder. Ganz unbegründet war das auch nicht, konnte er doch Wasser in Most verwandeln und Tiere zu Stein erstarren lassen. Außerdem experimentierte er mit Kräutern, Mineralien, Säften. Er rührte und mischte die verschiedensten Substanzen zu einem Gebräu oder Teig, mit dem er jegliches Leben nach seinen Wünschen verändern oder gar vernichten wollte.

In diesen Tagen war Kaligmo besonders schlecht gelaunt – er musste sich irgendwie Luft verschaffen. Mit der Absicht, seine Wut an dem erstbesten Wesen auszulassen, das ihm über den Weg lief, verließ er seine Hütte. Die friedliche Landschaft draußen beruhigte ihn ein wenig und er begnügte sich zunächst damit, rechts und links blaue Blitze in die Büsche zu schleudern, so dass die Vögel kreischend aufflatterten. Als jedoch ein alter Wolf mit metallisch glänzendem Fell unglücklicherweise aus dem Gesträuch sprang, schrie der Hexer:

„Bleib stehn, sonst verwandle ich dich in einen Hackstock!“

Der Wolf wusste, wie gefährlich Kaligmo war, und verharrte reglos am Fleck. Seine raue Stimme dämpfend, bat er:

„Lass mich gehen, ich hab dir nichts getan. Wenn du willst, fange ich dir einen fetten Hasen zum Abendbrot.“

Das besänftigte den Zauberer etwas.

„Heute und morgen einen Hasen“, befahl er, „übermorgen zwei Wachteln! Aber hüte dich, mich zu betrügen, wie es die Leute in dieser widerwärtigen Smaragdenstadt getan haben.“

„Man hat dich betrogen?“, fragte der Wolf. Er merkte, dass es am besten für ihn war, das Gespräch in Gang zu halten.

„Betrogen ist gar kein Ausdruck. Dieser Scheuch und seine Bande sind nichts als Scharlatane, denen man das Handwerk legen muss. Was verstehen die schon von Zauberei. Erst schreiben sie einen Wettbewerb aus, bei dem man seine Kunst zeigen soll, dann urteilen sie nach ihrem lächerlichen Geschmack. Warum habe ich mich bloß herabgelassen, teilzunehmen?“

Der Wolf wusste nicht, was er erwidern sollte, begriff aber, dass Kaligmo einen Zuhörer brauchte. Dem Hexer war offenbar ein Unrecht geschehen oder er bildete sich das wenigstens ein. Jedenfalls musste er sich die Sache wohl von der Seele reden, zumal er sonst stets allein in seiner Hütte hockte.

„Dabei habe ich ein so wunderbares Kunstwerk geschaffen“, erklärte Kaligmo.

„Entschuldige, ich habe noch nicht genau verstanden, worum es bei dem Wettbewerb ging“, sagte der Vierbeiner.

„Worum es ging? Wir sollten eine Festtafel nach unseren Vorstellungen gestalten. Mit unseren Wunderkräften natürlich. Alle Hexen und Feen des Zauberlandes waren versammelt, darunter so mancher Nichtskönner. Ich habe meine ganze Kunst entfaltet. Aber dann, bei der Preisverleihung ...“

„Sie haben dich übergangen“, wagte der Wolf den Satz zu vollenden.

„O nein! Das haben sie sich nun doch nicht getraut. Aber der Scheuch, der sich weise nennt und den obersten Richter spielte, hat mir nur den dritten Preis zuerkannt, den dritten!“ Angesichts dieser Kränkung traten Kaligmo Tränen in die Augen.

Der Wolf konnte den Schmerz nicht ganz nachempfinden. Er dachte, dass ein dritter Preis bei einem solch großen Wettbewerb durchaus eine Anerkennung sei. Aber er hütete sich, das kundzutun.

„Was hattest du denn gezaubert, Großer Kaligmo?“, fragte er unterwürfig und trat ganz vorsichtig einen Schritt zurück.

Der Hexer war zu sehr mit seiner Rede beschäftigt, um die Fluchtabsicht zu bemerken. Zudem fühlte er sich geschmeichelt.

„Die wunderbarsten Gerichte aus den Höhlen meiner Kindheit. Blutegelsuppe und Mäuseschwanztorte. Drei fette Ratten in einer Ziegenhaut gebacken und mit Eulenfedern garniert. Das Ganze in einem Kranz grauer Sumpffrüchte. Über Kreuz angeordnete gehäutete Schlangen an beiden Enden der Tafel. Die besten Stücke mit Dornen gespickt. Genial, sage ich dir!“

Der Wolf war erstaunt, dass es für solch eine Festtafel einen Preis gegeben hatte, doch er hielt sich erneut zurück.

„Du bist beeindruckt, stimmt’s?“, rief der Hexer. „Wenn du dagegen die Nichtigkeiten der anderen gesehen hättest! Den zweiten Preis bekam ein Weib mit Fischschwanz, das die ganze Zeit in einem mit Wasser gefüllten Glasbecken zubrachte. Sie nannte sich Belldora, die Seekönigin vom Muschelmeer, und hatte tatsächlich nichts zu bieten als Muscheln, Schnecken, Algen und irgendwelche bunten Korallen. Lächerlich.“

„Und den ersten Preis“, erkundigte sich, mäßig interessiert, der Wolf, „wer bekam den?“

„Eine Fee Stella aus dem Rosa Land. Der Scheuch scheint eine Vorliebe für solche Zauberweiber zu haben. Dabei hatte die Fee nichts vorzuweisen als wabbligen Pudding, gespickten Rehbraten, Spargel und ähnliches Gemüse. Das Einzige, was auffiel, waren rosa Blumenranken. Überall auf dem Tisch ließ sie Rosen mit menschlichen Gesichtern erblühen – widerlich!“

Ärgerlich schleuderte der Hexer aufs Geratewohl einen Blitz ins Gebüsch, so dass eine Rauchwolke entstand. Als sie sich verzog, war der Wolf verschwunden.

„Das verdammte Vieh hat sich aus dem Staub gemacht“, knurrte

Kaligmo und ließ weitere Blitze aufzucken. Doch damit erzeugte er nur Rauch und Schwefel. Was an Tieren in der Nähe gewesen war, hatte sich längst in Sicherheit gebracht.

DER SPRECHENDE STRAUCH

Nachdem der Hexer dem Wolf ein ohnmächtiges „Na warte, dich krieg ich schon“ hinterhergerufen hatte, kehrte er murrend in seine Hütte zurück. Eins hatte er allerdings begriffen – er würde seine Ruhe erst wiederfinden, wenn er sich Genugtuung verschafft hatte. Für die Schmach in der Smaragdenstadt! Er wusste nur noch nicht, wie er das anstellen sollte.

Vier Tage und Nächte brachte Kaligmo mit Nachdenken zu. Besser gesagt, war es ein dumpfes Grübeln, unterbrochen von kurzem unruhigen Schlaf und wenigen kargen Mahlzeiten. Endlich glaubte er eine Lösung gefunden zu haben.

„Der Zauberstrauch mit seinen sprechenden Blättern muss mir die Lösung verraten“, murmelte er.

Dieser Strauch, der gleich hinter seiner Hütte wuchs, hatte scheinbar nichts Besonderes an sich. Genau wie die Bäume des Kupferwaldes waren seine Äste und Blätter aus rötlichem Metall, das in der Sonne glänzte. Genau wie die Früchte hier waren seine Beeren hart und nur von den Aluminiumvögeln zu genießen. Aber der Strauch war uralt und warf nie ein Blatt ab. Von ihm bezog Kaligmo seine Kraft, er musste nur ab und zu etwas Blut opfern. Dafür bekam er wiederum Antwort auf seine Fragen.

Freilich, betrügen ließ sich der Busch nicht. Der Hexer musste schon sein eigenes Blut spenden, nicht etwa das eines Huhns oder einer Kröte. Hier aber lag das Problem für Kaligmo. Er war wehleidig, fürchtete sich vor der kleinsten Verletzung und zögerte deshalb jedes Mal lange, den Strauch zu befragen.

Doch sein Rachedurst war stärker und so griff er schließlich nach einem großen Küchenmesser. Eine Weile überlegte er, ob er sich in den Zeh, in den Finger oder vielleicht in den Arm schneiden sollte.

„Ach was, ich nehme den Daumen“, sagte er missmutig, stellte ein Glas vor sich auf den Tisch und näherte die Hand mit Todesverachtung der Messerschneide. Als die Klinge endlich ins Fleisch drang, stieß er einen entsetzlichen Schrei aus. Aber er hatte es geschafft, einige Blutstropfen perlten in das Glas, der Strauch würde antworten müssen.

Der Hexer klebte ein Pflaster auf die Wunde, nahm das Glas und verließ die Hütte. Er hatte sich nicht gerade viel Blut abgezapft und als der Busch damit beträufelt war, verging einige Zeit, bevor die Blätter zu wispern begannen. Es war das Zeichen, dass sie ihr Wissen preisgeben würden.

Kaligmo berichtete, worum es ihm ging.

„Ich brauche ein besonderes Rezept, um in der Smaragdenstadt den Scheuch zu bestrafen, den sie weise nennen“, verlangte er.

„Ich weiß, wie man Gold zu Eisen macht“, begann ein Blatt.

„Gold zu Eisen? Ich glaube, der Scheuch legt keinen Wert auf Reichtümer. Das nützt mir nichts.“

„Ich kann dir sagen, wie man ihn in einen silbernen Uhu verwandelt und seine Frau in eine Messingeule“, gab ein zweites Blatt kund. „Die beiden müssten aber in den Kupferwald kommen.“

„Es ist mir zu kompliziert, ihn hierher zu locken“, erklärte der Hexer unzufrieden. „Er wird auch keine Lust haben, gerade mich zu besuchen. Ratet mir etwas anderes.“

Es wurde still. Dann wisperte ein Blatt tief im Innern des Strauchs:

„Du könntest ihm die schwarzen Kaktusmänner schicken. Ich verrate dir, wie man sie ruft.“

Kaligmo hatte noch nie von solchen Männern gehört.

„Wer soll das sein? Was können sie ausrichten?“

Das Blut im Busch war fast verdunstet. Das Blatt sprach so leise, dass sich der Hexer weit hinabbeugen musste, um etwas zu verstehen. Als er die Antwort gehört hatte, klatschte er in die Hände.

„Das ist gut. Das wird sie lehren, mich zu verhöhnen!"

„Du solltest den Stachelkugeln aber dein Blut beimischen", flüsterte das Blatt.

„Mein Blut? Kommt nicht in Frage! Es reicht mir schon, dass ich euch damit bedienen muss."

„Dann … nimm … Schlangenblut. Aber Vor… sicht…"

„Vorsicht in welcher Beziehung", rief Kaligmo. „Ich versteh dich nicht." Er schlug wütend mit der Faust in den Strauch.

Doch der hatte keine Kraft mehr, Antwort zu geben. Die Blätter schwiegen. Um weiteres zu erfahren, hätte der Hexer erneut seinen Daumen anzapfen müssen. Davor aber graute ihm.

„Ach was, ich werd schon aufpassen", sagte er laut. „Wie war das? Eine Paste aus Lehm, Kupferbaumharz und schwarzen Kaktusstacheln. Bei abnehmendem Mond zur Kugel geformt. Etwas Schlangenblut hinein. Gut, das alles lässt sich machen."

Noch am gleichen Tag ging Kaligmo ans Werk. Lehm und Harz ließen sich leicht auftreiben, schwarze Kakteen, denen er die Stacheln abschneiden konnte, fand er in der Ebene. Schwieriger war es schon, eine Schlange zu fangen. Aber auch das schaffte er letztlich, indem er Drahtnetze mit Fleischködern auslegte.

Als Kaligmo alles beisammen hatte, rührte er einen dicken Brei an und formte bei abnehmendem Mond, vorsichtig, damit er sich nicht an den Stacheln verletzte, mehrere kinderkopfgroße Kugeln. Er trug sie hinaus auf die Lichtung, legte sie im Halbkreis ins Gras, holte seinen Zauberstab und rief:

„Kantus, Kaktus, Höllenglut,
zeig dich, schwarze Dornenbrut!“

Mit der Stockspitze wies er nacheinander auf jede der Kugeln und stampfte dabei mit dem Fuß auf.

Einige Sekunden lang geschah nichts, dann aber ertönte ein Zi-

schen und Knacken, Flammen züngelten im Gras auf und die Kugeln begannen zu wachsen. Sie bewegten sich hin und her, bekamen Auswüchse, reckten sich eiförmig empor. Das erste Ei reichte dem Hexer bereits bis zum Kinn, das zweite hatte Brusthöhe, das dritte ragte über den Gürtel hinaus. Plötzlich gab es einen Knall, die erste Kugel war geplatzt und heraus sprang ein rabenschwarzer Kerl, stachlig wie ein Kaktus. Er schaute sich verdutzt um und fragte:

„Bist du mein Herr?“

„Der bin ich und ich verlange unbedingten Gehorsam“, erwiderte Kaligmo.

Der Mann, einen Kopf größer als der Hexer selbst – im Ei hatte er sich zusammenducken müssen –, wollte etwas sagen, aber ein zweiter Knall ertönte. Dann ein dritter, vierter und so weiter. Endlich standen acht Kaktusmänner vor Kaligmo.

„Wie's aussieht, sind wir jetzt vollzählig“, sagte der Hexer, „das erspart mir getrennte Erklärungen. Ihr wisst, dass ihr von mir erschaffen seid und mir gehorchen müsst!“

Die schwarzen Kerle nickten.

„Dann wollen wir nicht länger zögern. Zeigt, was ihr könnt!"

Die Männer bückten sich und begannen mit ihren Stachelhänden den Boden aufzureißen. Jeder brach einige Dornen von seinem Körper, die aber sofort nachwuchsen. Die Dornen wurden in der Erde verbuddelt, dann traten die Kerle einen Schritt zurück.

Der Hexer wartete gespannt auf das, was nun geschehen würde, und er musste sich nicht lange in Geduld fassen. Schon nach wenigen Minuten schossen schwarze Triebe aus der Erde. Sehr schnell wuchsen sie zu Stachelhecken und großen Kakteen heran.

Kaligmos Augen leuchteten auf.

„Gut, ihr habt die Probe bestanden, das genügt für heute. Ruht euch nun aus, sammelt Kräfte. Morgen werde ich euch neue Anweisungen geben."

Er ließ die Kaktusmänner stehen und kehrte in seine Hütte zurück. Zum ersten Mal seit langer Zeit war er wieder heiter gestimmt. Er wusste, er würde seine Rachepläne verwirklichen.

SCHLIMME ÜBERRASCHUNGEN

Betty Strubbelhaar, die Frau des Weisen Scheuch, liebte Blumen über alles. Das war auch kein Wunder, denn im Zauberland, wo meist die Sonne schien, gediehen sie in besonderer Pracht. Vor allem wenn man sie hegte und pflegte, wie es die Puppe tat. In ihrem Garten hinter dem Palast hatte sie herrliche Beete und Rabatten angelegt, sie tauschte sich auch gern mit dem Hofgärtner über neue Rosen- und Geranienzüchtungen aus.

An diesem Morgen war sie früh aufgestanden, denn sie hatte einen Margeritenbusch gepflanzt und wollte sehen, wie ihm die Nacht bekommen war. Doch kaum aus der Tür getreten, blieb sie erschrocken stehen. Mitten in einem Lilienbeet, das an einen kleinen Teich grenzte, wuchs ein großer schwarzer Kaktus.

Betty hatte nichts gegen Kakteen, neben dem Zaun hatte sie vor einiger Zeit selbst einen Steingarten mit solchen Gewächsen angelegt, aber das hier war erstaunlich. Sie hätte schwören können, dass diese knollige Pflanze gestern noch nicht da gewesen war.

Den Kaktus musste jemand nachts eingepflanzt haben, denn um ihn herum waren die Lilien niedergetrampelt. Da will uns einer einen Streich spielen, dachte die Prinzessin. Sie fand das überhaupt nicht lustig.

Sie ging weiter – plötzlich war der saubere Kiesweg von einem Dornengesträuch versperrt, das links und rechts in die Hyazinthenrabatten wucherte. Das kann nicht wahr sein, ich träume, sagte sich die Prinzessin verärgert und stampfte mit dem Fuß auf. Sie wollte um den Strauch herumgehen und musste erkennen, dass sich auch an anderen Stellen solch stachliges Unkraut ausbreitete. Bei den Tulpen, den Nelken oder einfach auf gut geschorenem Rasen. Betty war sprachlos.

Ein Vogel flog vorbei, es handelte sich um eine gute Bekannte, Tütü, die Amsel.

„Es waren große schwarze Männer", rief sie. „Ich hab sie beobachtet."

„Fremde Männer, wann?", fragte die Puppe.

„Heute Morgen, heute Morgen", flötete Tütü.

„Das ist unmöglich. Die Sträucher und Kakteen können in der kurzen Zeit nicht so gewachsen sein!", widersprach Betty.

„Stimmt aber doch. Schwarze, stachlige Männer. Zauberer", beharrte die Amsel.

Betty war verblüfft. Beim kürzlichen Zauberwettbewerb hatte sich alles in der Smaragdenstadt versammelt, was auch nur ein bisschen von Hexerei verstand. Schwarze stachlige Männer waren nicht dabei gewesen.

Sie lief in den Park, der sich an ihren Garten anschloss, und musste dabei mehrfach Dornenhecken oder Kakteen umgehen. Der Hofgärtner, der gerade erst aus dem Bett gesprungen war, kam ihr aufgeregt entgegen.

„Hast du das gesehen, Prinzessin?", rief er. „Überall dorniges Unkraut, was für eine Gemeinheit!"

„Im Park sollen Zauberer am Werk gewesen sein. Wir müssen sie daran hindern, noch mehr Unheil anzurichten."

Sie eilten weiter, der Gärtner griff sich einen Rechen, der an einem Apfelbaum lehnte. Sie rannten am Springbrunnen vorbei, bogen um einen Milchbeerenbusch und blieben verdutzt stehen. Zwischen zwei Erlen hockte ein Kerl im Gras, der einem Baumstumpf mit Dornen glich. Mit den Händen wühlte er im Boden, und während die beiden Ankömmlinge noch nach Luft rangen, schoss aus der Erde vor ihm ein hässlicher grüner Strunk.

„Wer bist du und was treibst du da?", fragte Betty empört.

„Hecken, Kakteen." Ohne aufzublicken, grub der Kerl weiter.

„Was soll das, hör sofort auf damit!“ Der Gärtner ging mit dem Rechen auf den Mann los.

Ein Geräusch ließ Betty herumfahren. Wie aus dem Erdboden geschnellt, standen zwei Stachelkerle hinter ihnen, hockten sich hin und begannen gleichfalls zu graben. Allerdings waren sie nicht schwarz, sondern dunkelblau.

Inzwischen wuchs der Strunk vorn blitzschnell in die Höhe. Der Stachelmann aber griff nach dem Rechen des Gärtners, riss ihn an sich und zerbrach ihn mühelos in mehrere Stücke.

„Was fällt dir ein, du Scheusal!“ Der Gärtner stürzte sich mit geballten Fäusten auf den Fremden. Doch das bekam ihm schlecht. Mit einem Schmerzensschrei fuhr er zurück. Die spitzen Stacheln des Mannes hatten sich ihm in die Finger gebohrt, waren abgebrochen und darin stecken geblieben.

„Ihr seid gemein. Warum tut ihr so was?“ Betty funkelte die Fremden wütend an.

Doch die gaben keine Antwort. Da sie ihre Arbeit im Moment wohl für getan hielten, standen sie einfach herum und glotzten. Links und rechts aber wuchs immer mehr Gestrüpp.

Der Gärtner, noch dabei, sich die Stacheln aus den blutenden Händen zu ziehen, sagte: „Wir müssen hier weg. Die schließen uns ein.“

Tatsächlich wucherten die Hecken schon in Kopfhöhe. Betty wollte zur Seite ausweichen, doch die Kerle stellten sich ihr in den Weg.

„Hilfe“, brüllte der Gärtner, „Hilfe! Man will uns gefangen nehmen!“ Er drehte sich um, aber dort verhinderte bereits ein neuer Kaktus die Flucht.

Nun bekam es auch die Prinzessin mit der Angst zu tun und rief um Hilfe. Als Tütü herangeflattert kam, flehte sie:

„Schnell, flieg ins Schloss und sag dem Scheuch Bescheid."

Doch so lange brauchte sie zum Glück nicht zu warten. Unvermutet ertönten lautes Gebrüll, hallende Trompetenstöße und gleich darauf ein Geräusch brechender Zweige. Ein Löwe setzte über die Hecken und hinter ihm zeigte sich der wuchtige Kopf eines heranstürmenden Elefanten.

Die stachligen Kerle erschraken. Sie gaben gurgelnde Laute von sich und hasteten mit katzenhaften Sprüngen davon.

„Was ist denn hier geschehen?", wollte Dickhaut, der Elefant, wissen. Als Erster Minister des großen Tierreichs war er mit seinem König, dem Tapferen Löwen, am Abend zuvor in der Smaragdenstadt eingetroffen, um den Erhalt eines Sumpfes am Finsterforst zu besprechen.

Aufgeregt erklärten Betty und der Gärtner die Geschehnisse.

„Ich weiß nicht, was diese Kaktusmänner mit uns vorhatten, aber es war bestimmt nichts Gutes", schloss die Puppe.

Dickhaut hob die beiden mit dem Rüssel aus dem dornigen Gefängnis und der Löwe, die Hecke misstrauisch mit der Tatze prüfend, sagte:

„Das sieht nach einem sehr bösen Streich aus. Ohne Zweifel ist Hexerei im Spiel."

Allen war klar, dass diese mysteriöse Angelegenheit mit dem Weisen Scheuch besprochen werden musste. Wer, wenn nicht er, sollte eine Erklärung finden. Auch Jessica, das Mädchen aus der Menschenwelt, hatte vielleicht einen guten Gedanken. Sie weilte seit dem Treffen der Zauberer hier, hatte das Glück gehabt, als Gast und Zuschauerin eingeladen zu werden.

Wenig später trafen die Freunde beim Scheuch ein. Neben ihm, Betty, dem Gärtner und dem Löwen gehörten auch sein Minister Din Gior sowie die Amsel Tütü dazu. Dickhaut, der nicht durch die Palasttür passte, schaute zum weit geöffneten Fenster herein.

EIN PLAN WIRD GESCHMIEDET

Nachdem der Scheuch von den Vorgängen erfahren hatte, wiegte er nachdenklich den Kopf.

„Das ist eine sonderbare Geschichte, denn ich wüsste nicht, wer uns aus welchem Grund schaden sollte. Seid ihr sicher, dass es Männer mit Dornen waren?"

„Ganz sicher", rief der Gärtner, „ich blute ja jetzt noch."

„Könnten sie aus dem Tierreich kommen", fragte der Scheuch, „vielleicht aus dem Finsterforst?"

„Von Dornenmännern, ob nun schwarz oder dunkelblau, hat man bei uns nie gehört", erwiderte der Löwe. Und Dickhaut, der in den Wäldern mitunter beim Auslichten der Bäume half, prustete:

„Gäbe es solche Banditen bei uns, hätten meine Söhne und ich sie längst in die Sümpfe gejagt."

Din Gior strich über seinen langen silberweißen Bart.

„Dornenhecken in unserem Park sind gewiss nicht schön, aber damit sollten wir fertig werden. Wenn ich daran denke, dass wir den Drachenkönig besiegt haben und den unsichtbaren Grünen Fürsten."

„Es handelt sich um mehr als ein paar stachlige Hecken", wandte Betty ein. „Diese Männer sahen gefährlich aus. Ich hatte richtig Angst."

„Schade, dass ich sie nicht verfolgt habe", brummte der Löwe. „Wir wüssten, wo sie herkommen, und vielleicht hätte ich ja einen erwischt."

Jessica, die es in dieser hohen Runde bisher noch nicht gewagt hatte, das Wort zu ergreifen, fragte:

„Haben sie eigentlich großen Schaden angerichtet? Sie waren doch an verschiedenen Stellen im Park."

Der Scheuch sagte:

„Jessica hat Recht, als Erstes müssen wir den Umfang der Schäden feststellen. Möglicherweise sind diese Kaktusmänner gar nicht weit gerannt und pflanzen schon neue Stachelgewächse."

Nach kurzer Beratung wurde Tütü beauftragt, den ganzen Park abzufliegen. Danach sollte sie Bericht erstatten. Die Amsel war aber noch keine zehn Minuten weg, als aufgeregt der Torwächter Faramant hereinstürmte.

„Das ist die Höhe!“, brüllte er. „Sie haben unser Stadttor mit riesengroßen Kakteen versperrt. Kein Mensch und schon gar kein Pferdewagen kommt mehr durch. Ich hab mir ein paar ekelhafte Dornen in die Arme gespießt, als ich das Zeug ausreißen wollte.“ Er zeigte die Stichwunden.

„Und wen meinst du mit sie?“, wollten der Scheuch und Betty fast gleichzeitig wissen.

„Keine Ahnung. Gestern Abend gab es die Kakteen jedenfalls noch nicht.“

„Dann haben die Stachelmänner also auch am Tor gegraben“, stellte Din Gior fest. „Das wird langsam bedenklich.“

Die Amsel kehrte zurück und zwitscherte:

„Schnell, kommt schnell, sie sind wieder da!“

„Wo?“ Der Elefant setzte sich sofort in Bewegung.

„Am Teich, bei den Trauerweiden.“

Nun rannten die anderen auch los. Sie brauchten freilich ein paar Minuten, um das Schloss zu verlassen, und nur der Löwe, der gleich durchs offene Fenster sprang, holte Dickhaut ein.

Schon von weitem sahen sie die Dornenbüsche und dahinter die schwarzen Männer. Diesmal waren es mehr als drei. Beim Auftauchen der Vierbeiner verharrten sie einen Augenblick unschlüssig und wandten sich dann nach verschiedenen Seiten zur Flucht. Dabei sausten sie im Zickzack davon, mit Sprüngen wie Kängurus. Dickhaut konnte nicht folgen und blieb verwirrt stehen. Der Tapfere Löwe dagegen hatte sich ein Opfer ausgesucht, dem er auf den Fersen blieb. Fast hatte er den Mann, dessen Farbe unvermutet wie bei einem Chamäleon von Schwarz auf Rotbraun wechselte, erreicht, da drehte sich dieser um und warf mit einer Stachelkugel nach ihm. Das Geschoss war so genau gezielt, dass es den König der Tiere an der empfindlichen Nase traf. Für einen Moment sah der Löwe die Sterne tanzen, denn die Dornen bohrten sich ihm tief ins Fleisch. Wütend schüttelte

er die Kugel ab und setzte trotz seiner Schmerzen die Verfolgung fort. Doch der Kaktusmann, nun mit größerem Vorsprung, war inzwischen an der Stadtmauer angelangt. Mit Spinnengeschwindigkeit kletterte er hinauf und verschwand auf der anderen Seite.

Die Stadtmauer war zu hoch, als dass der Löwe über sie hinwegsetzen konnte. Ärgerlich fauchend blieb er stehen und kehrte schließlich zu den anderen zurück.

Auch die Freunde waren vergeblich hinter den Kaktusmännern hergerannt. Etwas ratlos standen sie bei dem wild wuchernden Dornengestrüpp. Wenn es gelang, eine Ranke abzubrechen, wuchs sofort eine neue.

„Wahrscheinlich muss man dieses schreckliche Unkraut mit den Wurzeln ausreißen", sagte der Hofgärtner. „Ich werde alle Leute zusammenrufen, die ich zur Verfügung habe."

„Versuchen wir's", stimmte Din Gior zu. „Vor allem aber müssen wir verhindern, dass die Stachelmänner neues Gestrüpp pflanzen."

„Wir sollten überall Wachen aufstellen", schlug Betty vor. „Um nichts in der Welt möchte ich diesen furchtbaren Kerlen noch einmal gegenüberstehen."

„Das wird nicht geschehen." Der Löwe schlug mit dem Schwanz auf den Boden. „Ich werde dich persönlich bewachen."

„Ich halte die Augen gleichfalls offen", schloss sich Dickhaut an. „Wäre doch gelacht, wenn wir mit diesem Pack nicht fertig würden."

Der Scheuch wirkte weniger optimistisch.

„Sie sind außerordentlich schnell und gewandt, ihre Kakteen und Sträucher schießen geradezu aus dem Boden. Der Kampf wird nicht leicht werden."

„Vielleicht braucht ihr nur ein gutes Unkrautmittel", meldete sich Jessica zu Wort. „Möglicherweise lassen sich sogar die Stachelmänner damit vertreiben."

„Unkrautmittel benutzen wir nur selten", entgegnete Betty. „Du weißt, dass wir der Natur nicht schaden wollen. Aber du hast Recht, in diesem Fall sollte man alles ausprobieren."

Die Diskussion nahm ihren Fortgang. Der Torwächter schlug vor, Pet Riva, den alten Fischer, zu verständigen, der ein bisschen zaubern konnte, und die Prinzessin wollte eine Botschaft an den Eisernen Holzfäller senden. Schließlich kannte er sich mit Bäumen und Dickicht aus, konnte seine Axt an die Wurzel des Übels legen. Der Scheuch aber war mit all dem noch nicht zufrieden. Er strengte sein Hirn dermaßen an, dass ihm die Nadelköpfe aus dem Schopf drangen – in den Nadeln war ja all seine Denkkraft gespeichert –, dann sagte er:

„Ich bin überzeugt, dass die Kaktusmänner zurückkommen. Falls nicht am Tag, dann in der Nacht, wenn alles schläft. Wir werden Netze aufspannen, in denen sie sich verfangen. Du, Faramant, gehst zum Hafen und holst welche. Nimm dir ein paar kräftige Männer mit."

„Eine großartige Idee", lobte der Elefant, „des Herrschers der Smaragdenstadt durchaus würdig."

Die Strohpuppe winkte leicht geschmeichelt ab.

„Nicht der Rede wert, man macht sich so seine Gedanken. Wir

sollten die Netze an den schönsten Stellen im Park aufhängen, vor allem dort, wo die Stachelkerle noch nicht waren. Dabei kannst du uns helfen, Dickhaut. Danach müssen sich einige von uns auf die Lauer legen. Ist einer der Banditen in die Falle getappt, ziehen wir die Schlinge zu.“

„Bravo, so machen wir's“, rief Din Gior und Jessica klatschte anerkennend in die Hände.

Sie machten sich ans Werk. Der Gärtner rief seine Leute zusammen, um die Kakteen und das Gestrüpp mit Hackmesser und Unkrautvertilgungsmitteln zu bekämpfen, Betty verfasste eine Botschaft an den Holzfäller, die von Tütü überbracht werden sollte, Faramant lief nach Netzen und der Rest inspizierte den Park. Man suchte die günstigsten Plätze aus, die für eine Falle in Frage kamen.

DER HINTERHALT

Der Scheuch und Din Gior standen unter einer mächtigen Eiche. In ihrem Laubwerk ließ sich ein großes Netz verbergen.

„Hier wäre ein guter Platz, um eine Falle zu stellen“, sagte die Strohpuppe.

„Rasen und Oleanderbüsche“, bestätigte der Minister. „Es stimmt, hier könnten sich die Kaktusmänner zu schaffen machen.“

Der Löwe und Dickhaut gesellten sich zu ihnen. Auch sie hatten ein paar günstige Bäume gefunden.

„Ich werde mich hinter die Büsche stellen und im richtigen Moment die Stricke kappen, damit das Netz herunterfällt“, verkündete der Elefant.

„Kommt gar nicht in Frage, du bist viel zu groß und wirst gesehen“, widersprach der Löwe. „Das mache besser ich.“

Jessica, durch ihre Teilnahme an verschiedenen Abenteuern gut mit den Vorgängen im Zauberland vertraut, kam angerannt.

„Mir fällt noch etwas ein“, rief sie. „Es gibt jemanden, der uns im Kampf gegen die Stachelkerle bestimmt eine große Hilfe wäre!“

„Die Fee Stella“, murmelte der Scheuch. „Ich hab auch schon an sie gedacht. Aber sie ist vor ein paar Tagen ins Rosa Reich zurückgekehrt und es wäre unbillig, sie schon wieder zu belästigen.“

„Ich meine nicht Stella, ich spreche von Minni, der Spinne“, platzte das Mädchen heraus.

Din Gior kratzte sich den Kopf. Es war richtig, Minni, nur kaninchengroß, aber stark wie ein junger Bär, war Spezialist für unzerreißbare Netze. Das hatten der Scheuch und sogar der Eiserne Holzfäller bei einem früheren Zusammentreffen bereits am eigenen Leibe verspürt. Doch sie war auch ein ungeselliges Wesen, oft mürrisch und ein Einzelgänger.

„Wie sollen wir die Spinne benachrichtigen?“, wandte er ein. „Sie wohnt mal hier, mal dort: im Finsterforst, im Tal der Fragen, im Wald der Riesenschmetterlinge.“

Jessica hatte ihr Pulver noch nicht verschossen.

„Larry Katzenschreck wird wissen, wo sie steckt.“

Das war nun wieder so eine Geschichte. Der tapfere Mäuserich Larry, wegen der Art, wie er Katzen und sogar Schlangen an der Nase herumführte, im ganzen Zauberland berühmt, pflegte eine erstaunliche Freundschaft mit Minni.

„Na gut, aber wo finden wir jetzt Larry so schnell?“, fragte der Scheuch. „Elli, die ‚Fee des Tötenden Häuschens‘, besaß seinerzeit eine Pfeife, mit der sie die Mäusekönigin Ramina rufen konnte. Diese Möglichkeit haben wir nicht.“

„Mir fällt schon etwas ein“, erwiderte Jessica. „Lasst mich nur machen.“

„Meinetwegen.“ Der Scheuch wusste, dass er dem Mädchen vertrauen konnte.

Jessica lief in die Schlossküche, um sich ein Stück Speck zu besorgen. Dann holte sie den Schlüssel zur Kornkammer. Und sie hatte richtig gerechnet. Kaum hatte sie den hohen, nur schwach erhellten Raum betreten, huschten ein paar Mäuse vom Haufen Getreide zur Wand und verschwanden in einem winzigen Spalt.

Jessica setzte sich neben dem Spalt auf eine Kiste und legte den Speck auf den Boden. Dann verhielt sie sich ganz still.

Es dauerte nicht lange und ein spitzes Schnäuzchen schob sich schnuppernd aus dem Spalt. Die Maus erblickte das Mädchen und verschwand sofort wieder. „Ihr braucht keine Angst zu haben“, sagte Jessica. „Ich hab hier ein herrliches Stück Speck für euch.“

Die Maus gab keine Antwort. Wenn eine Stecknadel zu Boden gefallen wäre, hätte man das in der Stille gehört.

Jessica schob den Speck näher an das Loch.

„Findet ihr den Duft nicht köstlich?“, erkundigte sie sich scheinheilig.

„Hm, ff…ff“, ertönte es leise aus dem Spalt, „so ein Duft macht uns Mäusen gar nichts aus.“

„Trotzdem solltet ihr den Speck versuchen. Korn allein ist auf die Dauer doch langweilig.“

Erneut kam das Schnäuzchen zum Vorschein.

„Und wenn ich danach fasse, packst du mich“, piepste die Maus.

„Du schätzt mich ganz falsch ein“, sagte das Mädchen. „Ich bin Jessica, eine Freundin Larry Katzenschrecks, und tu keinem Tier etwas zu Leide. Wenn du willst, schiebe ich dir den Speck noch näher heran. Aber du musst mir eine Bitte erfüllen.“

Larrys Name hatte das Eis gebrochen. Drei Mäuse kamen vorsichtig aus dem Loch und lauschten Jessicas Worten.

„Kein Problem, Larry zu benachrichtigen“, erklärte am Ende eine. „Er soll die Spinne also in den Park schicken?“

„Ja, und zwar so schnell wie möglich. Sie wird dringend gebraucht. Er soll ihr mitteilen, dass der Herrscher der Smaragdenstadt sie persönlich um Hilfe bittet.“

„Gut, wir werden es ausrichten.“

Stolz darauf, die Sache in Gang gebracht zu haben, kehrte Jessica in den Park zurück. Inzwischen waren die ersten Netze eingetroffen und wurden mit Hilfe des Elefanten im Gezweig laubreicher Bäume versteckt. Stricke führten über dicke Äste zur Erde – wenn man sie kappte, würde das mit Steinen beschwerte Geflecht heruntersausen. Unten aber lauerten nicht nur der Löwe und weiter weg Dickhaut, sondern auch kräftige Wächter mit Knüppeln.

Der Abend brach herein. In der Stadt herrschte Aufregung, denn die Ereignisse hatten sich herumgesprochen. Zwar waren die Stachelmänner seit ihrer Vertreibung nicht mehr aufgetaucht, doch manchem kam das wie die Ruhe vor dem Sturm vor. Außerdem wucherten die Dornenbüsche und Kakteen immer weiter. Vergeblich versuchten die Gärtner am Stadttor, die eisenharten Gewächse mit Axt und Säge zu beseitigen. Selbst dick aufgetragenes Unkrautmittel bewirkte nichts.

Von Larry Katzenschreck und Minni gab es ebenfalls noch kein Zeichen.

„Man muss sie erst suchen. Sie können auf keinen Fall so schnell hier sein“, tröstete Betty ihre ungeduldige Freundin. Die beiden hatten sich mit den anderen hinter Gebüsch versteckt und warteten auf die Stachelmänner. Die Sonne war schon untergegangen, aber der Mond tauchte die Landschaft in blasses Licht. Die Bäume und Sträucher warfen gespenstische Schatten.

Einige Stunden vergingen mit stillem Ausharren. Ein paar der Wächter waren eingenickt, auch Jessica zog es die Augen zu. Plötzlich jedoch fuhr sie hoch. Auf einer Straße außerhalb des Parks ertönte Hundegebell und eine Stimme schrie:

„Da sind welche! Sie graben meinen Garten um. Zu Hilfe!“

Licht flammte in den Gassen auf und weitere Stimmen wurden laut:

„Was ist denn los? Was wollen die schwarzen Kerle hier? Au, ich habe mich an einem Kaktus gestochen!“

„Sie kommen gar nicht in den Park, sie machen sich über die Gärten der Stadtbewohner her“, rief der Scheuch. „Vorwärts, wir müssen sie erwischen!“

Der Löwe hetzte zuerst los. Er setzte über die Hecke, die den Park umgab, und die anderen folgten ihm. Der Scheuch, Din Gior, Faramant, Dickhaut und die Wächter mit den Knüppeln. Auch Jessica wollte losrennen, doch Betty hielt sie am Arm fest.

„Und wenn die Kaktusmänner doch noch hierher kommen?“

„Wann denn? Sie nehmen bestimmt Reißaus. Vor dem Löwen und dem Elefanten läuft jeder davon.“

„Vielleicht gibt es mehr als die drei, die wir gesehen haben“, sagte die Puppe. „Kann doch sein, dass sich einige die Stadt und andere unseren Park vornehmen.“

Als wollten die Stachelmänner Bettys Worte bestätigen, tauchten sie unvermutet auf. Zwei, drei im Mondlicht bläulich wirkende Gestalten traten aus dem Schatten der Bäume und bückten sich zur Erde. Hastig begannen sie mit dornigen Händen den Rasen umzupflügen, brachen Stacheln aus ihrem Leib und pflanzten sie ein.

„Das ist unheimlich“, flüsterte Jessica, „wir müssen den Löwen zurückrufen.“

„Nein, dann werden sie aufmerksam. Sie sind alle drei unter dem großen Netz. Wir schneiden die Stricke durch.“

„Und wenn mehr von ihnen kommen?“

„Dann können wir immer noch schreien. Schnell, nimm dein Messer.“

Mit bebenden Händen griff Jessica zum Messer, und die eine links, die andere rechts, schnitten sie die Taue durch. Mitsamt den

darauf liegenden Steinen sausten die Netze auf die Stachelmänner hinunter.

Die Fremden waren total überrascht. Während Jessica und Betty zu den gekappten Seilen sprangen, um die Maschen fester zusammenzuziehen, versuchten sie sich in dem Netz aufzurichten. Sie stießen gurgelnde Laute aus und einer, der einen Stein abgekriegt hatte, hielt sich mit beiden Händen den Kopf.

Jessica begann laut zu rufen.

„Hierher, Löwe, hierher, Dickhaut, sie sind jetzt auch im Park, wir haben welche gefangen!“ Doch obwohl Betty einstimmte, hörte sie niemand. Die Freunde waren schon zu weit weg.

„Was machen wir denn jetzt?“, fragte Jessica und zerrte verzweifelt an ihrem Strick.

Die Prinzessin wurde einer Antwort enthoben. Bevor sie noch etwas sagen konnte, gab es einen Knall und einer der Männer schob den Kopf durch die Maschen. Kräftig, wie er war, hatte er das Fischernetz gesprengt.

Jessica und Betty bekamen es mit der Angst zu tun. Schon riss das Netz an einer anderen Stelle und es würde nicht mehr lange dauern, bis die Fremden frei waren.

„Bringen wir uns in Sicherheit“, flüsterte Betty, „allein können wir sie nicht festhalten.“ Wie auf Kommando ließen sie die Stricke los und rannten davon. Erst als sie nichts mehr von den Stachligen sahen und hörten, blieben sie keuchend stehen.

Aus dem Dunkel tauchte Dickhaut auf. Fast wäre er an ihnen vorbeigestampft, doch sie riefen ihn und er hielt überrascht an. Die beiden erklärten die Lage.

„Wir haben uns dumm angestellt“, gab der Elefant zu, „vor allem ich. Dabei wollte ich auf euch aufpassen. Der Löwe ist noch hinter einem der Kerle her, die in den Stadtgärten waren, aber ich bezweifle, dass er ihn erwischt. Und die Kaktusmänner, die ihr im Netz hattet, sind inzwischen sicher auch weg.“

Genauso war es. Als sie zum alten Platz zurückkehrten, lagen nur noch die zerrissenen Netze da.

Wenig später trafen die übrigen „Jäger“ ein, zuletzt, mit hängendem Kopf, der Löwe.

„Ich hatte ihn fast“, murrte er, „aber dann ist er einfach über die Dächer abgehauen.“

„Das Einzige, was wir von unserem Einsatz haben, sind neue Kakteen und Dornensträucher“, sagte betreten der Scheuch.

PET RIVA GREIFT EIN

In dieser Nacht würden die Kaktusmänner bestimmt nicht mehr wiederkommen, den Freunden und Wächtern blieb kaum etwas anderes übrig, als schlafen zu gehen.

„Morgen ist auch noch ein Tag“, erklärte tröstend Betty.

Sie wollten den Ort ihrer Niederlage gerade verlassen, da drang ein dünnes Stimmchen an ihr Ohr.

„Dacht ich’s mir doch, dass ihr ohne uns nicht klarkommt.“

„Wer spricht da?“, fragte mürrisch der Löwe, dem absolut nicht nach Scherzen zu Mute war.

Eine Maus kroch unter einem Busch hervor und sprang auf einen Baumstumpf. Im hellen Mondlicht putzte sie sich gelassen das Schnäuzchen.

Jessica hatte zuerst begriffen.

„Larry! Ich wusste, dass du kommen würdest!“

„Ihr habt die Kerle entwischen lassen, was? Ein bisschen mehr Grips hätte ich euch zugetraut.“

„Das hat man gern“, maulte der Löwe, „aus dem Nichts auftauchen und statt einer Begrüßung große Töne spucken.“

„Typisch Katze, kann die Wahrheit nicht vertragen.“

Der König des Tierreichs wollte etwas erwidern, aber die Puppe schaltete sich ein.

„Gibt’s denn so was? Man trifft sich nach langer Zeit und fängt gleich zu streiten an. Eben weil die Sache nicht ganz einfach ist, Larry, haben wir dich gerufen.“

Der Mäuserich zeigte ein wenig Reue.

„Entschuldigt bitte, war nicht so gemeint. Ich freue mich, euch alle wieder zu sehen.“

„Und wir freuen uns, dass du unserer Bitte Folge leistest“, erklärte auch im Namen der anderen der Scheuch. „Hast du eine Ahnung, wie man Minni erreicht?“

„Warum nicht. Hab mit der alten Brummliese ja gestern noch Karten gespielt“, fiepte die Maus.

„Hast du wenigstens gewonnen?“, wollte Jessica wissen.

„Was glaubst du denn! Minni war so sauer, dass sie zehnmal den Stamm ihres Baumes rauf- und runtergesaust ist, um ihren Ärger zu besänftigen.“

In diesem Augenblick ließ sich aus der Eiche über ihnen an einem starken Faden blitzschnell ein braunes haariges Bündel herab. Knapp über dem Erdboden hängend und mit den Beinen zappelnd, krächzte die Riesenspinne:

„Du erzählst Märchen, Larry. Nur weil du ständig gemogelt hast, war ich so wütend.“

„Minni, da bist du ja ebenfalls!“, riefen Betty und Jessica gleichzeitig.

„Jetzt hast du mir die Überraschung verdorben“, sagte Larry, „ich wollte den Scheuch und seine Freunde noch ein bisschen zappeln lassen.“

Ein allgemeines Stimmengewirr erhob sich. Der Scheuch bedankte sich, weil Minni so schnell hergefunden hatte, und fragte, wie es gelungen war, sie zu benachrichtigen.

„Unser Buschfunk ist voll intakt“, erklärte der Mäuserich, „und was mich betrifft, so brauchte ich nicht weit zu gehen. Ich hab doch schon erzählt, dass wir kurz vorher noch beim Kartenspiel saßen.“

Sie kehrten zum eigentlichen Problem zurück. Die Spinne begutachtete die zerrissenen Netze.

„Nichts gegen eure Fischer“, krächzte sie, „aber so was mag gut für Stör oder Lachs sein. Im Urwald dagegen würde das schon ein kleiner Affe zerreißen.“

„Im Moment haben wir nichts Besseres zur Verfügung“, rechtfertigte sich der Scheuch.

„Es wäre ja auch noch schöner, wenn die Fischer anfangen wollten, unsere Affen zu fangen“, mischte sich der Löwe ein.

„War ja nur ein Vergleich“, sagte Minni.

Inzwischen dämmerte der Morgen herauf. Sie beschlossen, in den Palast zurückzukehren und nach der anstrengenden Nacht erst einmal ein gemeinsames Frühstück zu sich zu nehmen. Dann wollten sie ein wenig ruhen und schließlich neu beraten. Doch aus der Ruhepause wurde nicht viel. Kaum war nämlich die Sonne aufgegangen, erhob sich rings um das Schloss lautes Geschrei.

„Was ist denn hier los, mein Garten ist voller Kakteen!“, rief jemand. „Gibt’s denn so was, ich kann die Haustür nicht mehr öffnen, ein riesiger Dornenbusch steht davor!“, ein anderer. „Meine Fenster sind völlig zu, eine Stachelhecke bis ans Dach!“, brüllte ein dritter. „Sogar auf der Straße wuchert das Zeug, wie soll ich mit den Pferden durch“, schrie der vierte.

Die Kaktusmänner hatten ganze Arbeit geleistet. Es mussten mehrere gewesen sein und sie hatten ihr Werk offenbar schon lange begonnen, bevor sie entdeckt wurden. Überall kamen die Bewohner mit Sägen und Äxten, mit Spaten und Hacken aus ihren Häusern, um den Gewächsen zu Leibe zu rücken. Der Erfolg aber war gering.

Auch an den Schlossmauern, -fenstern und -türen breiteten sich bereits Kakteen und Stachelhecken aus.

„Wenn das so weitergeht, wuchern wir völlig zu und werden eingeschlossen", rief Betty besorgt. Die Gärtner und selbst der Scheuch waren ratlos. Vergeblich studierte er in seinen dicken Büchern, um eine Lösung zu finden.

Pet Riva traf im Palast ein, der alte Fischer, der einst als Zauberlehrling bei der Fee Stella gearbeitet hatte. Wegen grober Fehler hatte er die Lehre vorzeitig abbrechen müssen, jedoch einige Tricks und Kniffe im Kopf behalten. Inzwischen stellte er sein Wissen gern den Freunden zur Verfügung, auch wenn oft etwas anderes herauskam als geplant.

„Kein Zweifel, dahinter steckt ein boshafter Geist", sagte Pet, als

er die Bescherung sah. „Ihr müsst schnell handeln, sonst sieht es schlecht aus.“

„Aber was sollen wir tun? Weißt du nichts?“, fragte Betty.

Pet kratzte sich den Kopf.

„Den Spruch, Unkraut verschwinden zu lassen, kenne ich nur noch ungefähr. Fest steht aber, dass man einen Halbkreis um die betreffende Pflanze ziehen und die Angel dreimal über ihr schwingen muss. Zweimal nach links und einmal nach rechts.“

„Denk über den Spruch nach“, bat die Prinzessin. „Wir müssen diesen schrecklichen Gewächsen Einhalt gebieten.“ Sie setzte Vertrauen in den Alten, obwohl er ihren Mann einst zu einem Riesen gemacht und gutes Gold- mit schlechtem Silbermoos verwechselt hatte.

„Okay, ich glaube, jetzt hab ich’s. Nehmen wir uns zuerst den großen Kaktus am Stadttor vor. Dort staut sich der ganze Verkehr.“

Der Löwe, der Pet Rivas Künste gleichfalls schon am eigenen Leibe erfahren hatte – war er doch von ihm versehentlich in ein Kätzchen verwandelt worden –, warnte:

„Probieren wir’s lieber an einem kleinen Dornenbusch im Park aus. Da kann nicht so viel passieren.“

Der Fischer schien leicht gekränkt, aber der Scheuch sagte:

„Nichts für ungut, Pet, der Löwe hat Recht. Vorsicht ist die Mutter aller Zauberei.“

„Bitte, wenn ihr meint“, murmelte Pet.

Sie gingen in den Park und suchten einen kleinen, einzeln stehenden Stachelbusch aus. Mit dem Ende seiner Zauberangel zog der Alte einen weiten Halbkreis um die Pflanze, stellte sich hinein, begann die Schnur zu schwingen und murmelte:

„Upori, Kori, dorniges Gesträuch,
hinweg mit dir aus meinem Gartenreich!“

Ein Blitzen und Donnern durchzuckte den Park, dicker Rauch stieg auf und alle sprangen zurück. Als sich der Qualm verzogen hatte, rieben die Freunde die Augen. Jessica sah es zuerst.

„Es hat geklappt, der Busch ist verschwunden!“, rief sie begeistert.

Die anderen brauchten ein paar Sekunden länger, um zu begreifen. Dann aber erwiderte der Löwe:

„Stimmt, der Busch scheint weg zu sein. Doch wo ist Pet Riva?“

DER SPRINGENDE BAUM

Es war eine Tatsache, Pet Riva blieb mitsamt seinem Hut, seiner Angel und dem Stachelgebüsch spurlos verschwunden. Die Freunde suchten im Park und im Schloss, sie liefen durch die Straßen der Smaragdenstadt, sie riefen nach dem Alten und befragten die Leute, aber alles vergeblich.

„Da hatten wir nun endlich ein wirksames Mittel gegen die Kaktusplage“, murmelte der Scheuch, „und dann passiert so was! Jetzt stehen wir wieder am Anfang.“

„Na weißt du“, tadelte ihn Betty, „bei allem Ärger über das Stachelzeug! Wir sollten uns zuallererst Gedanken machen, wie wir Pet wieder finden.“

„Ich mach mir ja Gedanken. Pet wird schon nichts passieren. Haben wir ihn im Reich der Unsichtbaren Fürsten herausgehauen, so schaffen wir das auch jetzt.“

In diesem Unterirdischen Reich hatte es wirklich nicht zum Besten um den Alten gestanden. Dennoch, sie konnten dort seiner Spur folgen, was jetzt unmöglich war.

Während die Freunde aber noch grübelten und überlegten, hatte man andernorts keine Ahnung von den Geschehnissen in der Smaragdenstadt. Im Violetten Land zum Beispiel, wo der Eiserne Holzfäller regierte, wurde gerade eine neue Klinik in Betrieb genommen. Der Eisenmann, dessen gutes Herz wie das keines zweiten Herrschers mit den Kranken und Leidenden fühlte, hatte zur Einweihung ein paar passende Worte gesprochen und war auf dem Heimweg, als ihm seine schneeweiße Katze entgegenkam. Das war ungewöhnlich, denn Mia empfing ihn sonst am Gartentor.

„Nanu, was ist geschehen, dass du mir entgegengehst?“, fragte der Holzfäller.

„Ein Bote vom Weisen Scheuch ist eingetroffen, Tütü, die Amsel“, erklärte Mia. „Sie hat den weiten Weg so schnell zurückgelegt, dass sie sich erst einmal ausruhen musste.“

Was die Katze nicht erzählte, war, dass sie ein schlechtes Gewissen hatte. Tütü hatte sich erschöpft auf der Bank vorm Haus niedergelassen, Mia aber hatte sie nicht wiedererkannt und, obwohl sie keine Vögel jagen sollte, für eine leichte Beute gehalten. In letzter Minute war die Amsel aufgeflattert, wobei sie ein paar Federn lassen musste. Sie hatte sich zu erkennen gegeben und berichtet, weshalb sie so weit geflogen war. Mia war die Sache sehr peinlich gewesen. Um wenigstens etwas gutzumachen, hatte sie sich erboten, ihren Herrn zu benachrichtigen.

„Ihr habt Tütü hoffentlich gut versorgt“, erwiderte der Holzfäller. „Was für Nachrichten schickt uns der Scheuch denn?“

„Irgendwas mit Kaktusmännern in der Smaragdenstadt“, sagte die Katze, „ich bin nicht ganz schlau aus der Sache geworden. Die Amsel hat ein Briefchen von Prinzessin Betty mitgebracht.“

„Kaktusmänner? Nie gehört.“ Mias Herr kratzte sich den Kopf.

„Es scheinen Leute zu sein, die dort ziemlichen Schaden anrichten. Der Scheuch erbittet unsere Hilfe.“

Auf diese Worte hin beschleunigte der Holzfäller den Schritt. Wenig später erreichten sie sein Haus.

Inzwischen hatte sich Hermosa, die dicke Haushälterin, liebevoll um die Amsel gekümmert.

„Mia ist unmöglich“, schimpfte sie. „Auf solche Art einen wichtigen Gast zu empfangen! Na, nimm noch ein paar Krümel von dem duftenden Schwarzbrot. Ich hab es selbst gebacken.“

„Es schmeckt wunderbar, aber ich bin wirklich satt“, erwiderte Tütü. „Vor allem dein Schokoladenpudding hat mich wieder auf Vordermann gebracht.“

Als der Holzfäller eintraf, schilderte die Amsel, was sie wusste.

Während Mia sich auf die Fensterbank verdrückte, darauf hoffend, dass Vogel und Haushälterin nichts von ihrer Schandtat verrieten, überreichte sie Bettys Brief.

„Eine mysteriöse Angelegenheit", schlussfolgerte der Eisenmann, nachdem er sich umfassend informiert hatte. „Ich werde meine Gelenke ölen und meine Axt schärfen, dann breche ich in die Smaragdenstadt auf. Ich will keine Zeit verlieren."

„Ich komme mit und stehe dir zur Seite, Herr", verkündete die Katze.

„Wozu denn das? Gegen Kakteen und Dornenbüsche kannst du kaum etwas ausrichten. Bleib lieber hier und bewache das Haus."

„Aber bitte ohne Gäste zu erschrecken, die wichtige Nachrichten überbringen", konnte sich Hermosa nicht enthalten, hinzuzufügen.

Der Holzfäller schaute bei dieser Bemerkung erstaunt auf, fragte aber nichts. Er war zu sehr mit den Vorfällen im Reich der Strohpuppe beschäftigt.

Noch am gleichen Tag brach er auf, schritt mit den frisch geölten Gelenken so kräftig aus, dass ihm Mia kaum folgen konnte. Sie hatte sich vorgenommen, ihn wenigstens bis zur Landesgrenze zu begleiten. Ein kleiner Ausflug von Zeit zu Zeit konnte nicht schaden.

Gegen Abend hatten die beiden die Grenze des Violetten Landes erreicht. Tütü, die etwas später losgeflogen war, kam angeflattert und flötete: „Dort vorn sehe ich einen hohen Baum. Das wäre ein guter Ort zum Übernachten."

„Gut, schauen wir uns die Stelle an", stimmte der Holzfäller zu. „Im Morgengrauen geht es dann weiter."

Tütü flog voran, der Eisenmann und Mia folgten ihr. Doch so sehr sie sich auch bemühten, sie kamen dem Baum nicht näher. Es war, als ob er vor ihnen wegliefe, oder besser, davonspringe.

Ein paar Mal hatten die drei die Buche, oder was es sonst war, fast erreicht, aber immer hüpfte sie wieder weg. Schließlich sagte der Holzfäller:

„Hier hält uns jemand zum Narren. Dieser Baum existiert wohl nur in unserer Einbildung, denn auf der Ebene, durch die wir gehen, gibt es sonst bloß Büsche und Gras. Schlagen wir unser Nachtlager bei diesem Strauch auf.“

Die beiden Tiere waren einverstanden. Tütü suchte sich eine Schlafstelle in den Zweigen, die Katze, die am Tag geruht hatte, legte sich unter den Busch. Sie fand, dass sie Wache halten sollte.

Der Holzfäller streckte sich im weichen Gras aus, das für seinen Blechkörper freilich nicht nötig gewesen wäre. Im Grunde brauchte er auch keinen Schlaf – früher, als er noch aus Fleisch und Blut gewesen war, hatte er das nötiger gehabt. Dennoch ruhte er ab und zu aus, gönnte sich etwas Erholung. Er verfiel in eine Art Dämmerzustand, aus dem er mitunter sogar geweckt werden musste.

Genau das aber geschah in dieser Nacht. Eine knorrige Hand packte und rüttelte ihn, so dass er im Nu wach wurde. Er sah im fahlen Mondlicht ein hölzernes Gesicht über sich und glaubte an einen Traum. Es dauerte einige Zeit, bis er begriff, dass sich ein Baum über ihn beugte.

„Warum liegst du hier im Gras, anstatt weiter hinter mir herzulaufen?“, fragte der Baum mit knarrender Stimme.

„Was geht hier vor, wer bist du?“, stotterte der Eisenmann.

„Ich bin eine springende Buche und zur Zeit ziemlich einsam.“

Nichts hätte das Herz des Holzfällers mehr rühren können als diese Worte. Er richtete sich auf.

„Wir sind dir ja hinterhergelaufen“, sagte er, „aber du warst immer wieder verschwunden.“

„Das ist das Spiel“, knarrte der Baum. „Am Ende wäre ich bei euch geblieben.“

Die Katze war gegen ihren Willen eingeschlafen und kam nun misstrauisch unter dem Busch hervorgekrochen.

„Das ist aber ein komisches Spiel“, miaute sie.

„Wir springenden Buchen kennen nur das eine. Zur Belohnung hätte ich euch auf meine Äste genommen."

„Was soll daran Besonderes sein?", erwiderte Mia. „In unserem Garten sitze ich auf allen möglichen Bäumen."

„Auf allen möglichen Bäumen?" Die springende Buche stieß ein verächtliches Lachen aus. „Schwing dich auf einen meiner Äste und du wirst sehen, was für ein Glücksgefühl dich erfasst. Vom Aufenthalt in meiner Krone gar nicht zu reden."

Mia schaute nach oben. An das Glücksgefühl glaubte sie nicht, aber sie hatte Lust, einen Blick in die Runde zu werfen. Dennoch sagte sie:

„Das mag ja alles sein. Trotzdem bleibe ich lieber auf der Erde."

Tütü war aufgewacht. Ohne sich in das Gespräch einzumischen, flatterte sie auf die Baumspitze.

„Na, wie gefällt es dir bei mir?", fragte die Buche.

„Wunderbar. Man hat eine herrliche Aussicht."

„Die Sonne müsste bald aufgehen", schaltete sich der Holzfäller ein. „Siehst du schon was?"

„Nein, noch nichts."

Unvermutet entschloss sich die Katze, nun doch auf den Baum zu klettern. Sie sauste den Stamm hoch und setzte sich auf einen dicken Ast.

Die Buche hatte offenbar nur auf diesen Augenblick gewartet. Erneut lachte sie knarrend und begann sich zu schütteln. Die knorrige Hand, die vorher den Holzfäller geweckt hatte, packte blitzschnell Mia und schwenkte sie durch die Luft.

Der Katze wurde angst und bange.

„Was fällt dir ein", quietschte sie, „lass mich sofort los!"

„Ich denke nicht daran. Du sollst dein Glücksgefühl haben, dummes Vieh." Die Buche wirbelte Mia noch stärker herum.

„Bist du verrückt? Hör auf damit", rief der Holzfäller. „Soll das etwa auch ein Spiel sein?"

„Natürlich. Und wie sie erst jammern wird, wenn ich zu springen beginne!"

Die Wurzeln des Baumes glichen knorrigen Füßen und er begann damit zu hüpfen. Tütü war erschrocken aufgeflattert, aber Mia wurde mit Würgegriff festgehalten. Der Holzfäller, der sonst eher langsam war, handelte in diesem Fall blitzschnell. Mit einer Hand sein Beil aus dem Gürtel reißend, packte er einen Wurzelfuß mit der anderen und rief:

„Lass Mia los, sonst wirst du meine Axt spüren!“

Es sah so aus, als wollte die Buche trotz der Drohung zu einem größeren Sprung ansetzen, dann schien sie es sich aber anders zu überlegen. Sie blieb stehen und sagte seufzend:

„Mit wem gebe ich mich da ab. Ihr versteht nicht den geringsten Spaß.“ Sie lockerte den Griff und ließ Mia frei.

Die Katze hatte nichts Eiligeres zu tun, als auf die Erde zu springen.

„Was für ein hinterlistiger Baum“, sagte sie.

„Hinterlistig bin ich nicht. Hab nur ein bisschen zu hart zugegriffen. Aber ich mache euch einen Vorschlag.“

Der Holzfäller hatte sich etwas beruhigt.

„Ich weiß nicht, ob man auf deine Vorschläge eingehen kann“, brummte er.

„Hör erst mal zu. Ihr habt bestimmt noch einen weiten Weg vor euch, stimmt's?“

„Stimmt“, erwiderte der Holzfäller.

„Na also“, sagte befriedigt die Buche. „Da könnte ich euch ein Stück in meinem Geäst tragen. Das geht dreimal schneller, als wenn ihr lauft.“

„Mit dir keinen Meter“, wehrte sich die Katze.

„Weshalb willst du das für uns tun?“, fragte der Eisenmann.

„Ich hätte dann ein wenig Gesellschaft“, erklärte der Baum, „der Vorteil liegt auf meiner Seite.“

Mia fauchte verächtlich.

„Ich glaub dir kein Wort.“

„Sei nicht so misstrauisch“, sagte der Holzfäller, der mit dem Baum bereits wieder mitfühlte. „Wahrscheinlich war alles nur ein Missverständnis.“

„Steigt einfach in meine Krone, dann werdet ihr sehen, wie gut ihr vorankommt“, forderte der Baum sie auf.

„Tu’s nicht, Herr“, warnte Mia. „Du wirst es bereuen.“

„Du solltest jetzt besser nach Hause zurückkehren“, riet der Eisenmann. Und den Baum ins Visier nehmend: „Keine Angst, ich habe meine Axt.“

Der Buche schienen diese Worte nicht zu schmecken, sie knarrte unzufrieden. In diesem Augenblick ging aber die Sonne auf und der Holzfäller fügte hinzu:

„Nichts für ungut, Buche, ich vertraue dir. Es wäre nicht schlecht, Zeit zu gewinnen. Der Morgen bricht an und wenn du willst, können wir los.“

„Ja, brechen wir auf“, bestätigte der Baum. Mit knorriger Hand hob er den Eisenmann hoch und setzte ihn mitten ins Geäst. Mia wurde von ihm gar nicht mehr beachtet.

EIN HILFERUF

„In welche Richtung soll's gehen?", fragte die Buche und setzte zum Sprung an.

„Auf die Sonne zu, dort liegt die Smaragdenstadt", erwiderte der Holzfäller. – „Dann halt dich mal fest."

Der Holzfäller umklammerte den Stamm und das tat auch Not, denn der Baum machte einen Riesensatz. Mia schaute ihm verblüfft hinterher und Tütü flatterte aufgeregt übers Gebüsch.

„Na, gefällt dir das?", knarrte die Buche und sprang weiter. In Windeseile durchquerten sie die Ebene.

„Nicht so wild", rief der Holzfäller, „mir wird schlecht!"

„Du bist doch aus Blech, wie kann dir da schlecht werden?"

„Meine Gelenke … mein Herz … du rüttelst mich zu sehr."

„Ach, hab dich nicht so", erwiderte die Buche spöttisch.

Mia war längst zurückgeblieben, nur die Amsel flog, empört zwitschernd, nebenher. Sie kamen schnell voran, aber der Holzfäller fühlte sich wie durch ein Mühlwerk gedreht. Die Buche nahm keinerlei Rücksicht auf sein Befinden. Im Gegenteil, als er sich erneut beschwerte, sagte sie höhnisch:

„Du hast mich mit deinem Beil bedroht. Glaubst du, ein Baum nimmt so etwas einfach hin? Noch dazu ein springender? Du kannst froh sein, dass ich dich bloß ein wenig schüttle."

„Ich habe nur Mia verteidigt", stöhnte der Holzfäller. Seine Axt zu ziehen, schaffte er nicht.

Sie erreichten den Großen Fluss, der das Zauberland seit jeher in zwei Hälften teilte. An einem Hügel, von oben bis unten mit Dornengesträuch bewachsen, machte die Buche halt, bog den Stamm wie ein bockendes Pferd zum Buckel und warf den Eisenmann ab. Er flog mitten in stachliges Gebüsch.

„Das soll dir zur Lehre dienen, du blecherner Hampelmann.“ Sie schüttelte sich vor Lachen und sauste dann mit großen Sprüngen davon.

„Mia hat Recht, du bist ein herzloses und hinterhältiges Gewächs!“, rief ihr der Holzfäller nach. Doch der Baum hörte das nicht mehr, er war schon viel zu weit weg.

Der Eisenmann rappelte sich auf. Er war verbeult und musste einige Gelenke einrenken. Die Dornen konnten ihm dagegen nichts anhaben. Mühsam schlug er sich zu einem freien Platz durch.

Tütü, die ihn nicht aus den Augen gelassen hatte, setzte sich neben ihm auf einen Zweig.

„Wie fühlst du dich?“, fragte sie.

„Es geht. Ich muss mich einen Augenblick erholen, dann setze ich meinen Weg fort. Immerhin sind wir gut vorangekommen.“

Die Amsel wollte antworten, wurde aber von einem kläglichen Ruf unterbrochen, der von der Höhe des Hügels kam.

„Hallo, ist dort unten jemand? Ich brauche Hilfe!“

Der Holzfäller wandte den Kopf zur Hügelkuppe, konnte jedoch auf Grund des dichten Gesträuchs nichts erkennen.

„Wer ruft da?“, fragte er.

„Ein Verunglückter. Ich stecke hier fest.“ Die Stimme klang sonderbar dumpf.

„Geh nicht hin, das ist bestimmt wieder eine Falle“, flötete ängstlich die Amsel.

„Unsinn, so kläglich ruft nur jemand, der in Not ist.“ Der Holzfäller setzte sich bereits in Bewegung.

„Hilfe, ich brauche Hilfe!“, ertönte es wieder.

„Bleib hier, ich sehe nach, was passiert ist“, sagte Tütü. Sie flog los, was den Holzfäller freilich nicht davon abhielt, sich einen Weg nach oben zu bahnen. Mit den Händen bog er die dornigen Ranken auseinander, gebrauchte mitunter auch die Axt.

Die Amsel kam zurück.

„Da steckt jemand mit Kopf und Armen in einer Erdspalte, mitten in einem Dornenbusch.“

Nun gab es für den Holzfäller kein Halten mehr. Er fegte die Ranken rechts und links nur so beiseite. Endlich war er bei dem Verunglückten angelangt.

„Was hast du denn angestellt? Moment, ich ziehe dich heraus."

„Mach schnell, ich halt's nicht mehr lange aus. Ich stecke schon Stunden fest." Der Mann war offenbar einer Ohnmacht nahe und kaum zu verstehen.

Der Holzfäller packte den Fremden bei den Beinen und zog mit aller Kraft. Dennoch schaffte er es nicht, ihn zu befreien. Erst als er einige Wurzeln abgehackt hatte, die den Oberkörper einklemmten, gelang das Rettungsmanöver.

„Das war Hilfe in letzter Minute", flüsterte der Fremde und verlor das Bewusstsein. Der Holzfäller jedoch, als er nun erstmals das dreckverschmierte Gesicht des anderen erblickte, schlug die Hände über dem Kopf zusammen.

„Aber da... das ist ja ... Pet Riva", stammelte er.

Die Amsel hatte den alten Fischer gleichfalls erkannt und hüpfte vor Aufregung hin und her.

„Pet, nein, das gibt's nicht! Wie kommt er in so eine Lage?"

„Vielleicht hat er irgendwelche Kräuter oder Wurzeln gesucht", vermutete der Eisenmann und bemühte sich, den Alten durch leichtes Rütteln zu sich zu bringen.

Als Pet Riva endlich wieder zu sich kam, war er genauso erstaunt.

„Der Eiserne Holzfäller! Wo bin ich? Im Violetten Land?"

„Keineswegs", erwiderte der Blechmann, „wir befinden uns irgendwo am Großen Fluss. Was ist mit dir geschehen?"

„Ich muss mich verirrt haben", schwindelte Pet. Er hatte inzwischen begriffen, dass ihm bei seiner Zauberei ein Fehler unterlaufen war – er hätte sich nicht in den Kreis stellen dürfen, den er mit seiner Angel um den Busch gezogen hatte. Er durfte sich glücklich schätzen, noch am Leben zu sein.

Die Amsel und der Holzfäller wollten Genaueres wissen, doch der Alte erzählte nur etwas von besonderen Steinen, die er hatte sammeln wollen. Insgeheim hielt er nach seiner Angel Ausschau, aber die war wahrscheinlich sonst wohin geflogen. Lediglich sein Hut fand sich im Gebüsch.

Schließlich brachen die drei auf; sie wollten zunächst zum Fluss, wo Pet sich waschen und erfrischen konnte. Der Eisenmann bahnte den Weg und so verließen sie den Dornenhügel. Am Wasser angelangt, streckten die Männer erst einmal die Beine aus. Tütü aber, die auf ein Bäumchen geflogen war, rief: „Seht mal, wer da kommt."

Die beiden schauten in die angezeigte Richtung.

„Mia", gab der Holzfäller zur Antwort. „Sie sollte nach Hause zurückkehren, aber sie ist uns gefolgt. Sie hatte Recht, mich vor diesem springenden Baum zu warnen. Schon damals, im Kampf gegen den Schatten der Hexe Bastinda und ihre Dienerin, die Schlange mit den Bernsteinaugen, hatte sie Recht. Was für ein kluges und treues Tier!"

Zweiter Teil

Im Reich des Hexers

EIN PUDDING FÜR MINNI

In der Smaragdenstadt herrschte Ratlosigkeit. Nicht nur dass Pet Riva verschwunden blieb, man fand auch kein wirksames Mittel gegen Dornen und Kakteen. Obwohl die gesamte Bevölkerung im Einsatz war, gelang es gerade mal, Türen und Fenster von Gestrüpp freizuhalten. Die Stachelmänner tauchten bald hier, bald dort auf, und war ein Garten notdürftig gesäubert, wucherte der nebenan bereits wieder zu. Mit großer Mühe hatten sie es geschafft, den Riesenkaktus am Stadttor zu beseitigen, wobei Dickhaut seine gewaltige Kraft zur Verfügung stellte. Faramant und seine Männer hackten ringsum die Stacheln ab, dann schlang der Elefant seinen Rüssel um die Pflanze und brach sie ab. Aber das glückte ihm erst beim dritten Ansatz und danach mussten zwei Männer ständig neue Triebe der noch im Boden steckenden Wurzeln abschneiden.

Auch die Versuche, einige Kaktusmänner zu fangen, schlugen fehl. Sie waren zu schnell und zu vorsichtig, tauchten an immer neuen Stellen auf, schienen Netze oder sonstige Hinterhalte regelrecht zu wittern. Einmal hatte der Löwe ein paar der Stachelkerle durchs Stadttor verfolgt, über Wiesen und Felder bis zum Fluss, dort aber waren sie verschwunden. Er hatte sich die Mühe gemacht, zum anderen Ufer zu schwimmen, wollte ihre Spur wieder aufnehmen – vergeblich. Wo nur kamen diese Banditen her und weshalb bedrohten sie die Stadt?

Endlich – der Scheuch und seine Freunde wollten schon verzweifeln – hatte Minni Erfolg. Es gab eine Stelle, wo die Stadtmauer etwas niedriger war und deshalb von den Stachligen gern benutzt wurde. Larry Katzenschreck bemerkte das zuerst.

„Du weißt eine Menge über Netze und hast in deinen Beinen viel Kraft“, sagte er zu der Spinne, „aber manchmal kommt es auch auf Köpfchen an.“

„Um eine Beute zu erwischen, braucht man kein Köpfchen, sondern Geduld. Irgendwann klappt es schon."

„So viel Zeit haben wir nicht. Das Dornengestrüpp wuchert schon an den Schlosstürmen hoch."

„Und was soll ich nach deiner Meinung tun, du Schlaukopf", zischelte Minni, „wenn selbst der Scheuch ratlos ist?"

Der Mäuserich setzte eine überlegene Miene auf.

„Du sitzt mal auf diesem, mal auf jenem Baum im Park und wartest, dass einer vorbeikommt. Wie wär's, wenn du einen Ort auswählst, wo sie ständig entlang laufen?"

„Ständig?", fragte die Spinne zweifelnd.

„Na ja. Immer mal wieder. Vor allem, wenn sie flüchten."

Obwohl sich Minni ungern belehren ließ, kannte sie Larry inzwischen gut genug, um zu wissen, dass er nicht ohne Grund so redete. Sie folgte ihm also zur Stadtmauer und ließ sich die Stelle zeigen.

„Da oben kann ich sie aber nicht fangen", wandte sie ein, „da überrennen sie mich."

Larry kratzte sich den Kopf.

„Stimmt, hier kannst du dich auch nicht gut verstecken. Aber jenseits der Mauer, am Wassergraben, steht eine Weide. Dort entdeckt man dich nicht."

„Ich mag keine Weiden. Eichen oder Buchen sind besser."

„Du hast ewig was zu meckern", beschwerte sich die Maus. „Man muss sich doch den Gegebenheiten anpassen."

Überraschend zierte sich Minni nicht länger. Ihr war in den Sinn gekommen, welche Anerkennung ihr ein Erfolg bringen würde. Um den Schein zu wahren, murrte sie noch ein bisschen, begab sich dann aber zur Weide und suchte einen günstigen Platz. Larry, der ihr gefolgt war, wollte sie von unten beraten, doch die Spinne sagte unwirsch:

„Lass das. Darauf verstehe ich mich nun wirklich besser."

Noch war nicht sicher, ob die Kaktusmänner hier tatsächlich über den Graben springen würden, aber schon in der ersten Nacht sollte sich Larrys Vermutung bestätigen. Zwei schwarzblaue Kerle, von Dickhaut bis zur Mauer verfolgt, sausten an der Weide vorbei. Minni warf ihr Netz auch aus, tat das jedoch um Bruchteile von Sekunden zu spät. Es klatschte knapp hinter ihnen auf den Boden.

Als Larry am Morgen erwartungsvoll nachfragte, behauptete sie, dass niemand vorbeigekommen sei.

„Dann beweis mal, dass du in der Tat Geduld hast", verlangte der Mäuserich.

In der zweiten Nacht passierte es dann. Sie kamen, als Minni gerade ein wenig eingenickt war. Diesmal waren es drei und der Letzte hinkte. Die Löwentatze hatte ihn am Bein erwischt. Diese Verletzung wurde ihm zum Verhängnis. Er bewegte sich langsamer als die anderen und das Netz sauste auf ihn herab. Feinmaschig und wie aus Stahlfäden gesponnen, schnürte es ihn völlig ein. Seine Kräfte reichten nicht aus, es zu zerreißen.

Die Spinne stieß ein siegreiches Krächzen aus und zog die Stricke fester. Vielleicht hätten seine Kumpane etwas zu seiner Befreiung tun können, doch sie suchten lieber das Weite.

„Ich hab einen, ich hab einen!“, rief Minni und tanzte um das Netz herum. Der Löwe war als Erster zur Stelle. Auch Larry kam aus seinem Mauseloch. Es dauerte nicht lange und die übrigen Freunde rannten herbei.

„Wir bringen ihn ins Schloss“, bestimmte der Scheuch. „Er muss uns sagen, wer ihn schickt. Minni aber gebührt unser Dank. Sie hat sich einen Orden verdient.“

Dickhaut spannte sich vors Netz, dann ging es zum Stadttor und im Triumphzug weiter zum Schloss. Von allen Seiten strömten die Bewohner herbei, um den unheimlichen Fremden aus der Nähe zu betrachten. Manche hatten Knüppel mitgebracht, um ihm an Ort und Stelle eine Tracht zu verpassen. Der Scheuch aber hinderte sie daran.

„Er ist sehr wichtig für uns, ihm darf nichts geschehen“, sagte er.

Im Palast wurde der Stachlige aus dem Netz befreit; vor Angst war er plötzlich ganz gelb. Damit er nicht ausreißen und sonst keinen Schaden anrichten konnte, fesselte Faramant ihm Hände und Füße. Nur ganz kleine Schritte konnte er noch machen.

„Weshalb und in wessen Auftrag tust du das?“ Der Scheuch zeigte auf die Dornenranken vor dem Fenster.

Statt einer Antwort gab der Gefangene nur ein heiseres Gurgeln von sich.

„Was soll das?“, fauchte erbost der Löwe. „Gib anständig Antwort, sonst bringe ich dir das Sprechen bei.“

„Rache des Schwarzen Zauberers“, stieß der Stachlige hervor.

„Rache wofür?“, fragte der Scheuch. „Und wer soll das sein, der Schwarze Zauberer.“

„Weiß ich nicht. Befehl.“

„Erst kürzlich waren doch alle Zauberer hier versammelt“, überlegte Betty laut. „An einen schwarzen kann ich mich nicht erinnern.“

„Und wofür sollte jemand Rache nehmen?“, fügte Din Gior hinzu. „Wir haben uns mit allen gut verstanden.“

Sie stellten dem Gefangenen weitere Fragen, erhielten aber stets die gleiche Antwort. Da halfen weder die Drohungen des Löwen, ihm Arme und Kopf abzureißen, noch freundliches Zureden von Betty oder Jessica. Als sie ihn drängten, zu sagen, wo er herkomme, zeigte er nur die ungefähre Richtung.

„Sperren wir ihn erst mal ein“, entschied der Scheuch. „Bei Wasser und Brot kommt ihm vielleicht die Erinnerung.“

„Falls aber nicht, binden wir ihm eine Leine um den Bauch“, fauchte der Löwe. „Dann soll er voranlaufen und uns zum Haus dieses Schwarzen Hexers führen.“

Der Kaktusmann wurde ins Turmverlies gebracht, das seit vielen Jahren leer stand. Als er weg war, fand es die Spinne an der Zeit, an ihre Verdienste zu erinnern.

„Ihr wolltet mir einen Orden geben“, zischelte sie, „damit kann ich nichts anfangen.“

„Es wäre aber der Zauberland-Orden mit Gold und Smaragden“, erklärte der Scheuch.

„Trotzdem. Was soll ich auf meinem Baum damit?“

Betty unterstützte sie:

„Minni hat Recht. Wo soll sie den Orden verwahren?“ Und zur Spinne: „Wie stellst du dir denn die Belohnung vor?“

„Im Spinnental hab ich mal auf einem Bauernhof gelebt. Da gab es einen herrlichen Schokoladenpudding mit Rosinen.“

„Kein Problem“, stimmte Betty zu. „Ich werde persönlich mit dem Chefkoch reden, damit er dir den besten und größten Pudding kocht, den es je in der Smaragdenstadt gab.“

„Sag ihm, er soll ihn mit einem Käserand versehen“, ergänzte Larry Katzenschreck, der bisher geschwiegen hatte.

„Pudding mit Käse, igitt“, murmelte Jessica.

„Davon verstehst du nichts“, fiepte die Maus gekränkt.

„Liebt Minni denn Käse?“, fragte die Prinzessin.

„Minni nicht, aber ich“, erwiderte der Mäuserich.

„Larry hat mir geholfen, den richtigen Baum zu finden“, gab Minni widerwillig zu. „Mitunter hat er ganz gute Ideen.“

„Mitunter? Ich bin bekannt für meine guten Ideen.“

„Dann kocht für Minni doch den Pudding und schenkt Larry einfach ein Stück guten Käse“, sagte Jessica und mit diesem Vorschlag erklärten sich letztendlich alle einverstanden.

KLAPP ALS BOTSCHAFTER

Am Nachmittag wurde erneut der Kaktusmann befragt. Er schien nicht mehr ganz so viel Angst zu haben, denn seine Haut leuchtete wieder dunkelblau. Es lag wohl daran, dass der Löwe fehlte. Er hatte sich hingelegt, um ein Schläfchen zu machen.

„Na, hast du dir überlegt, wo wir diesen Schwarzen Zauberer finden?“, wollte der Scheuch wissen.

„Im Kupferwald“, kam die überraschende Antwort.

„Im Kupferwald?“, wiederholte Betty. „Das kann nicht sein. Das erfindest du bloß, um deinen Kopf zu retten.“

„Ich erfinde nichts.“

„Ich glaube, bei eurem Wettbewerb kürzlich war einer dabei, der vom Kupferwald kam“, schaltete sich Jessica ein. „Oder dort aus der Nähe. Ich hab’s mir gemerkt, weil er so gruslige Sachen machte.“

„Kaligmo“, sagte der Scheuch. „Ein mürrischer, nicht gerade sympathischer Mann. Er glaubte, der Größte zu sein.“

„Er hat einen Preis gekriegt“, wandte Betty ein. „Wofür sollte er sich rächen wollen?“

„Heißt dein Herr Kaligmo?“, fragte der Scheuch.

„Weiß ich nicht. Schwarzer Zauberer“, gab der Stachlige zur Antwort.

„Die Sache ist sehr sonderbar“, erklärte der Scheuch, „wir sollten uns aber auf jeden Fall bei diesem Kaligmo erkundigen. Wenn er nichts mit den Kaktusmännern zu tun hat, kann er uns bestimmt einen Rat geben.“

„Es müsste bald geschehen“, fügte die Prinzessin hinzu. „Bevor neues Unheil passiert.“

„Wir könnten Tütü schicken“, schlug Jessica vor. „Sie ist klug und würde das sicherlich gut machen.“

„Tütü ist noch nicht aus dem Violetten Land zurück“, erwiderte der Scheuch, „außerdem würde dieser Kaligmo einen so kleinen Vogel vielleicht nicht ernst nehmen. Da wäre der Löwe besser. Aber er ist zu ungestüm.“

„Klapp könnte die Aufgabe übernehmen.“ Din Gior hatte bisher noch nichts gesagt.

Die anderen schienen skeptisch. Klapp, Nachfahre jenes berühmten Storches, der zu Zeiten der kleinen Elli den Scheuch mitten aus einem Fluss gerettet hatte, war nicht gerade der Zuverlässigste. Er traute sich zwar eine Menge zu, hatte den Freunden auch schon manchen Dienst erwiesen, schwatzte aber zu viel und steckte seine Nase gern in Dinge, die ihn nichts angingen.

„Herauskriegen würde Klapp möglicherweise etwas“, stimmte Jessica schließlich zögernd zu.

„Zumindest könnte er die Aufgabe schnell erledigen.“ Betty sprach sich trotz mancher Zweifel gleichfalls dafür aus.

„Fragen wir ihn einfach“, sagte der Scheuch. „Im Moment fällt mir niemand sonst für diesen Auftrag ein.“

Klapp, der durch eine Schwalbe benachrichtigt wurde, fühlte sich sehr geschmeichelt. Was für eine wichtige Person ich doch bin, dachte er, man braucht mich immer, wenn es knifflig wird. Auf Dauer kann der Scheuch nicht umhin, mich in den Königlichen Rat aufzunehmen oder zum Minister zu machen. Er flog ins Schloss und ließ sich erklären, was zu tun war.

„Falls Kaligmo doch etwas mit diesen Stachelmännern zu tun haben sollte“, sagte der Scheuch, „bitte ihn, die Gründe für sein Verhalten darzulegen.“

„Ihr könnt euch auf mich verlassen“, versprach der Storch, „ich werde alles zur vollsten Zufriedenheit erledigen.“

Mit stolzgeschwellter Brust schwang er sich in die Luft. Kaum war er jedoch über die Stadtmauer hinausgelangt, kamen ihm Bedenken.

Diese Dornenhecken und Kakteen riechen nach üblen Zaubertricks, überlegte er. Wenn Kaligmo trotz allem dafür verantwortlich ist, dürfte nicht gut Kirschen essen mit ihm sein. Was mache ich, wenn er in Wut gerät und einen Bannfluch gegen mich schleudert? Wenn er mich womöglich in einen Frosch verwandelt? Ein Frosch wäre das Letzte, was ich sein möchte. Das fehlte noch, dass ich von meiner eigenen Frau oder meinen Söhnen verspeist würde.

Am Fluss angelangt, dachte er daran, bei seinem Nest vorbeizuschauen und seine Familie zu bitten, sich in der nächsten Zeit mit dem Verspeisen von Fröschen zurückzuhalten. Er scheute aber die Fragen, die ihm in diesem Fall gestellt würden, und riss sich zusammen. Ach was, ich werde schon mit dem Zauberer zurechtkommen, sagte er sich. Schließlich bin ich bekannt für meine Gewandtheit.

Dennoch schlug sein Herz nach dem Überqueren des Stromes ziemlich heftig und sein Flug wurde immer langsamer. Als der Kupferwald vor ihm auftauchte, beschloss er, erst einmal eine Pause einzulegen. Er setzte sich auf eine Zypresse und hielt Ausschau. Vielleicht war jemand in der Nähe, der etwas über diesen Kaligmo wusste.

Plötzlich sah er zwei Männer den Weg entlang stapfen, die ihm bekannt vorkamen. Vor ihnen her lief eine weiße Katze.

„Aber das sind doch Pet Riva und der Eiserne Holzfäller“, klapperte der Storch lauthals los. „Was machen die denn hier?“ Ihm wurde schnell klar, dass die beiden wie gerufen kamen.

Klapp schwang sich von seinem Baum und landete nach einer eleganten Kurve direkt vor den dreien. Die Katze, die nach den Erlebnissen der letzten Tage etwas schreckhaft geworden war, miaute überrascht auf.

„Ja, erkennt ihr mich denn nicht? Ich bin doch Klapp, euer Freund“, rief der Storch.

Natürlich kannten ihn die drei von mehr als einem Abenteuer her,

wenngleich Mia ihn längere Zeit nicht gesehen hatte. Der Eisenmann fasste sich als Erster und sagte:

„Großartig, dass wir dich hier treffen, Klapp. Bist du zufällig in der Gegend oder schickt dich der Scheuch?“

„Nun ja, ich wusste, dass man dich gebeten hat, in der Smaragdenstadt auszuhelfen“, erwiderte der Storch ausweichend. „Bei Pet allerdings …“

Pet Riva, der ja sein misslungenes Zauberstück verschwiegen hatte, warf ihm einen verschwörerischen Blick zu und Klapp verstand sofort.

„Ich habe Ausschau nach euch gehalten“, fuhr er fort. „Ich habe einen Auftrag.“

„Einen Auftrag für uns?“, wollte der Holzfäller wissen.

„Äh, hm, na ja.“

„Worum geht es denn?“ Pet kam dem Storch zu Hilfe.

Klapp begann zu erzählen. Von dem Kaktusmann, der gefangen worden war und einen schwarzen Zauberer im Kupferwald erwähnt hatte. Damit könne ein gewisser Kaligmo gemeint sein, der zu befragen wäre.

„Von wem zu befragen?“, mischte sich skeptisch die Katze ein. „Doch nicht etwa von uns?“

„Auf jeden Fall kann einer allein eine so schwierige Aufgabe kaum bewältigen“, gab der Storch zur Antwort.

„Wenn wir nicht hier entlang gelaufen wären, hättest du sie auch allein bewältigen müssen“, sagte Mia spöttisch.

Der Holzfäller wies die Katze zurecht. „Ich bin gekommen, um dem Scheuch beizustehen“, erklärte er. „Der Kupferwald liegt vor uns, also werde ich Klapp zu diesem Zauberer begleiten.“

Pet wäre dem neuen Abenteuer gern aus dem Weg gegangen, fühlte sich aber wegen seiner missglückten Aktion im Park ein bisschen schuldig.

„Bei so einem Mann sollte ein Bote Rückendeckung haben. Ich komme gleichfalls mit.“

Klapp fiel ein Stein vom Herzen.

„Ihr seid echte Freunde“, klapperte er.

„Na los, verlieren wir keine Zeit.“ Der Holzfäller setzte sich in Bewegung.

„Und wohin soll es bitte genau gehen? Der Kupferwald ist groß.“ Mia war nicht so leicht umzustimmen.

„Dort führt ein Weg in den Wald“, sagte der Storch. „Am besten nehmt ihr den. Ich fliege inzwischen über den Bäumen hin und schaue mich um. Wenn ich Kaligmos Haus sehe, gebe ich euch Bescheid.“

Die beiden Männer waren einverstanden, deshalb blieb Mia nur übrig, gute Miene zum bösen Spiel zu machen. Zu dritt betraten sie den Wald, dessen Bäume in der Sonne rotgolden glänzten und dessen Laub im Wind melodisch sirrte. Klapp dagegen schwebte langsam über den Bäumen dahin. Unter ihm turnten goldfarbene Eichhörnchen und Aluminiumfinken im Gezweig, aber Kaligmos Haus sah er nicht. Als er einen zinngrauen Specht entdeckte, der auf eine Platane einhackte, beschloss er nachzufragen. Er ließ sich neben ihm nieder.

„Der Baum ist gewiss aus Metall. Du musst einen Schnabel aus Stahl haben, um da ein Loch hineinzuschlagen“, lobte er.

„Zum Glück hat man, was an diesem Ort gebraucht wird“, erwiderte der Specht, ohne in seiner Arbeit innezuhalten.

„Ich schätze, dass du dich im Kupferwald gut auskennst.“

„Im Gegensatz zu dir offenbar.“ Nun sah der Specht den Storch prüfend an. „Wer so ein weiches Federzeug am Leib hat, kommt von draußen.“

Die Worte klangen ein wenig abfällig, aber Klapp war im Interesse der Sache bereit, nichts übel zu nehmen.

„Stimmt“, gab er zu, „ich wohne drüben am Fluss. Ich suche jemanden, der hier leben soll. Einen gewissen Kaligmo.“

Der Specht schien überrascht. Er hörte zu klopfen auf und wandte sich dem Storch ganz zu.

„Der Zauberer? Bist du etwa ein Freund von ihm?"

„Nein. Ich soll nur eine Botschaft überbringen."

„Er wohnt am Ende des Waldes, dort wo die Kaktusebene beginnt. Aber ich warne dich. Er ist ein gefährlicher und böser Mann. Kein Tier will etwas mit ihm zu tun haben."

„Das habe ich mir schon gedacht." Der Storch seufzte.

„Behalte deine Botschaft lieber für dich", fügte der Specht hinzu, „und verschwinde, bevor er dich in einen Hackstock verwandelt. Das hätte er kürzlich beinahe mit dem alten Silberwolf getan."

Klapps schwacher Mut bekam einen neuen Dämpfer. Trotzdem fragte er:

„Aber warum denn das?"

„Was weiß ich. Angeblich hat man ihn gekränkt. Und seit noch diese Stachelmänner im Wald herumspringen ..."

Also doch, dachte der Storch. Sie kommen von hier. Hat der Gefangene in der Tat die Wahrheit gesprochen.

„Was für eine Kränkung soll das gewesen sein?", erkundigte er sich noch.

„Hab ich mir nicht gemerkt. Da musst du den Wolf fragen. Aber jetzt hab ich genug geschwatzt. Muss weiterarbeiten."

„Ja dann, schönen Dank für die Auskünfte." Der Storch startete wieder. Er dachte freilich nicht daran, nach dem Silberwolf zu suchen, ihm war auch jegliche Lust vergangen, mit Kaligmo zu reden. So wie ihn dieser Specht beschrieben hat, gibt es keinen Zweifel, dass er mich in einen Frosch verwandeln würde, sagte er sich, und im übrigen habe ich erfahren, was ich wollte. Soll der Scheuch sehen, wie er damit zurecht kommt.

EIN HEER VON KAKTUSMÄNNERN

Der Storch flog langsam zurück und sah auf dem Weg unten schon bald seine Bekannten. Nachdem er sich überzeugt hatte, dass im Augenblick keine Gefahr drohte, gesellte er sich zu ihnen.

„Da bist du ja wieder", begrüßte ihn der Holzfäller. „Hast du das Haus des Zauberers gefunden?"

„Das nicht, aber der Auftrag ist erfüllt. Wir können umkehren." Klapp erzählte, was ihm der Specht mitgeteilt hatte.

„Wir müssten noch herausbekommen, weshalb sich dieser Kaligmo gekränkt fühlt", wandte der Holzfäller ein. „Nur wenn man die Gründe einer Sache kennt, kann man Abhilfe schaffen."

Der Storch verlieh seiner Stimme einen traurigen Klang.

„Wenn ihr mit ihm sprechen wollt, müsst ihr das allein tun. Ich darf es leider nicht."

„Wieso denn das?", wollte Mia wissen.

„Weil er mich in einen Frosch verwandeln würde. Das hat mir der Specht prophezeit."

„Der Storch hat bloß Angst. Ich glaube ihm kein Wort", erklärte die Katze.

Klapp wollte protestieren, aber Pet Riva kam ihm zuvor.

„Immerhin hat unser Freund schon eine Menge herausgekriegt", sagte er. „Ich finde, er sollte zurück in die Smaragdenstadt fliegen und Bericht erstatten. Wir drei können ja versuchen, noch mehr in Erfahrung zu bringen."

Klapp war mit diesen Worten sehr einverstanden. Er hatte es eilig, Lebwohl zu sagen. Kaum war er weg, miaute die Katze:

„Es ist gut, dass dieser Feigling verschwunden ist. Ob wir aber klug daran tun, uns mit dem Zauberer einzulassen, ist eine ganz andere Frage."

„Was getan werden muss, wird getan“, brummte der Holzfäller.

„Wenn ich wenigstens meine Zauberangel dabei hätte“, sagte der alte Fischer.

„Damals, beim Kampf gegen Lelia, der Schlange mit den Bernsteinaugen“, erinnerte sich Mia, „war ich schon mal im Kupferwald. Von einem Hexer namens Kaligmo haben wir nichts gehört und gesehen.“

„Wahrscheinlich ist er zugewandert“, vermutete Pet.

Ihr Gespräch wurde jäh unterbrochen, denn auf dem Weg, den sie gekommen waren, tauchten mehrere schwarze Gestalten auf. Sie hatten platte Köpfe und überall Stacheln.

„Schnell, verstecken wir uns“, sagte die Katze, „das könnten Kaktusmänner sein.“

Diesmal hatte der Holzfäller keine Einwände und so verbargen sie sich im Gebüsch. Die Stachligen liefen mit seltsam hüpfendem Schritt vorbei, ohne die drei zu entdecken.

„Bestimmt gehen sie zu ihrem Herrn“, flüsterte der Eiserne Holzfäller. „Folgen wir ihnen!“

Doch das war nicht so einfach. Gerade der Holzfäller hatte Mühe, das Tempo der Stachligen zu halten, und als die auf einmal ins Gebüsch abbogen, kam nur noch die Katze mit.

„Das hat man nun davon, wenn man gutmütig und anhänglich ist“, murrte sie, blieb den Kaktusmännern aber auf den Fersen. Sie brauchte übrigens nicht weit zu laufen. Auf einer von hohen Bäumen umgebenen Lichtung am Waldrand machten die Kerle Halt. Sie setzten sich im Halbkreis hin und warteten.

Mia kletterte auf einen Baum und sah nun auch die mit Grünspan bedeckte Hütte Kaligmos. Dorthin richteten die Stachligen ihre Blicke.

Inzwischen näherten sich von hinten vorsichtig Pet Riva und der Holzfäller. Mit leisem Miauen machte die Katze sie darauf aufmerksam, dass man am Ziel war. Die beiden begriffen es und versteckten sich hinter Kupfergesträuch.

Ein Blitz flammte auf, ein Knall ertönte und Kaligmo stand unvermutet mitten auf der Lichtung. Er trug einen dunklen Umhang und den Freunden wurde klar, weshalb Klapp von einem Schwarzen Zauberer gesprochen hatte. Die Kaktusmänner aber, die aufgesprungen waren, bekamen gelbe Flecken am ganzen Körper. Das hieß, sie hatten Angst, und der Grund wurde auch gleich deutlich. Kaligmo rief nämlich in gereiztem Ton:

„Da seid ihr ja endlich! Ich bin sehr unzufrieden mit euch. Mein Magisches Auge sagt mir, dass ihr euch keine Mühe gebt. Die Smaragdenstadt sollte längst mit Dornengebüsch überwuchert sein. Die Fenster und Türen im Schloss zugewachsen, die Stadttore durch Kakteen versperrt. Ihr aber haltet euch mit ein paar Gärten auf. Und ihr habt es nicht einmal geschafft, das große Stadttor unpassierbar zu machen."

Ein Stachliger, wohl der Stärkste, wagte eine Erwiderung:

„Verzeih, Herr, wir tun unser Möglichstes, aber sie lassen uns nicht in Ruhe arbeiten. Sie sind viele und haben gefährliche Tiere dabei. Sehr mächtige, mit Rüsseln oder gewaltigen Zähnen. Sie jagen uns und stellen Fallen auf."

Kaligmo brauste auf.

„Gefährliche Tiere, dass ich nicht lache. Ein hergelaufener Löwe und ein tollpatschiger Elefant. Sie können euch weder erwischen noch fressen, denn sie fürchten eure Stacheln. Ihr seid einfach zu faul."

Die Kaktusmänner senkten die Blicke und schwiegen.

„Wo ist eigentlich Zwei?", fragte der Hexer.

Wieder kam keine Antwort. Kaligmo, wütend, richtete seinen Blick auf den Sprecher von eben.

„Soll ich dich in einen Haufen Dung verwandeln?"

„Bitte nicht, Herr. Zwei wurde gefangen genommen."

„Gefangen genommen? Höre ich recht? Wie und von wem?" Des Hexers Stimme war eisig vor kaltem Zorn.

„Die Feinde haben Netze geworfen. Von den Bäumen."

„Und ihr habt Zwei einfach zurückgelassen? Seid feige davongelaufen?"

Der Stachlige war nun ganz und gar gelb. Er gab erneut keine Antwort.

„Gut", sagte der Hexer, „gut, ihr verdient es nicht anders. Ich werde euch allesamt in stinkende Dunghaufen verwandeln. Praximo, korridum, bumbor." Er streckte die Hände aus.

Die Stachelmänner fielen auf die Knie.

„Bitte nicht, Herr, kein Dung", bettelten sie.

Bis zu diesem Moment hatten die Freunde im Versteck die Szene verwundert und erschrocken beobachtet, ohne sich zu rühren, doch nun hielt es der Holzfäller nicht mehr aus. Er trat aus dem Gebüsch und rief erregt:

„Halt, Großer Zauberer, halt! Vielleicht kann ich in eurem Streit vermitteln."

Der Hexer ließ überrascht die Arme sinken. Pet und der Katze aber blieb bei diesem unerwarteten Schritt ihres Gefährten fast die Luft weg. Doch sie bewegten sich nicht von der Stelle.

„Wer bist du, dass du es wagst, dich in meine Geschäfte zu mischen!", dröhnte der Hexer. „Wie kommst du hierher?"

Der Holzfäller, im Allgemeinen offen und ehrlich, hatte diesmal nicht vor, seine Karten aufzudecken. Der Scheuch würde in so einem Fall auch zu einer List greifen, dachte er.

„Weshalb ich an diesem Ort bin, willst du wissen? Siehst du nicht, dass ich ganz und gar aus Eisen bestehe? Schon lange hatte ich den Wunsch, jenen Wald kennen zu lernen, in dem Pflanzen und Tiere aus Metall sind. Und als ich dann hörte, dass hier ein großer und berühmter Zauberer lebt, hätten mich keine drei Ochsen mehr zu Hause halten können."

Kaligmos Zorn verrauchte etwas, er war geschmeichelt.

„Du hast von mir gehört? Wo kommst du her?“

„Aus einem Tal am Rand der Weltumspannenden Berge. Ich musste einen weiten Weg zurücklegen, um zu dir zu gelangen.“

Der Zauberer wurde wieder finsterer.

„Nun gut, jetzt bist du also hier. Was willst du von mir? Ich kann keine Gäste gebrauchen.“

„Wo denkst du hin, großer Meister“, rief der Holzfäller, „ich will mich doch nicht als Gast bei dir einnisten! Ich will mich nur ein wenig im Kupferwald umschauen, wenn du gestattest. Alles hier ist sehr interessant. Wesen wie diese Stachelmänner habe ich zum Beispiel noch nie gesehen.“

„Das konntest du auch nicht, denn sie sind von mir allein erschaffen und einmalig“, erklärte nicht ohne Stolz Kaligmo.

„Großartig! Doch weshalb willst du sie in Dung verwandeln?“

„Weil sie zu nichts nütze sind! Ich hatte ihnen befohlen, die Smaragdenstadt durch Dornendickicht zu ersticken, sie aber pflanzen ein paar lächerliche Büsche und nehmen es hin, dass einer ihrer Gefährten eingesperrt wird.“

Endlich hatte der Eisenmann den Hexer, wo er ihn haben wollte. Er tat sehr erstaunt.

„Sprichst du wirklich von der im ganzen Zauberland berühmten Smaragdenstadt? Sie gilt als sehr schön. Warum sollen deine Stachelmänner sie durch Dornendickicht ersticken?“

„Warum, warum“, rief Kaligmo. „Weil man mich dort beleidigt hat. Einen lausigen dritten Preis hat man mir im Wettbewerb der Zauberer zuerkannt. Aber ich werde mit ihnen abrechnen, das schwöre ich.“

Der Holzfäller konnte nicht begreifen, wo in diesem Fall die Beleidigung lag, und schon gar nicht, wieso man deshalb so finstere Rachepläne schmiedete. Er kam aber nicht dazu, einen Einwand vorzubringen, denn im Gebüsch hinter ihm schepperte es. Pet Riva hatte sich auf einen Kupferast gestützt und ihn versehentlich abgebrochen.

Der Hexer fuhr auf.

„Was war das?“

„Wahrscheinlich ein Fuchs“, erwiderte der Holzfäller schnell. „Ich habe vorhin einen Aluminiumfuchs gesehen.“

„Unsinn, in meinem Wald gibt es keine Aluminiumfüchse. Na los, ihr Hohlköpfe, schaut nach, was das war.“

Doch nun geschah etwas Unvorhergesehenes. Sonderbarerweise zeigten sich die sonst so demütigen Stachelmänner durch diese Worte irritiert, ja gekränkt. Statt den Befehl zu befolgen, sagte einer:

„Nenn uns nicht Hohlköpfe, Herr, das haben wir nicht verdient.“

Kaligmo verlor die Beherrschung.

„Was stammelst du da? Nicht verdient? Du wirst gleich sehen, was du verdient hast!“ Er hieb mit der Faust durch die Luft und ein Blitz schoss zwischen seinen Fingern hervor. Die glutrote Flamme traf den Kaktusmann an der Brust, warf ihn zu Boden und spaltete ihn in zwei Teile.

Der Holzfäller war erschrocken, doch es gab eine weitere Überraschung. Die beiden Teile füllten sich nämlich wieder auf und im Nu standen statt des einen zwei Stachlige vor dem Hexer.

Selbst Kaligmo war verblüfft – damit hatte er nicht gerechnet. Die Neuen aber traten auf den Zauberer zu und wiederholten:

„Nenn uns nicht Hohlköpfe, Herr!“ Etwas Aggressives lag in ihrem Ton.

„Hohlköpfe, Hohlköpfe!“ Aus Kaligmos Faust zuckten weitere Blitze und erneut wurden die Männer gespalten. Freilich wuchsen die Teile in Sekundenschnelle zu vier Kaktusmännern heran.

Unvermutet begann der Hexer laut zu lachen. Er schleuderte seine Blitze nun auch auf die anderen Stachelmänner und rief:

„Aber das ist ja großartig! Auf diese Weise schaffe ich mir eine ganze Armee! Damit werde ich den Scheuch und seine Bande endgültig in die Knie zwingen."

Inzwischen tummelten sich mehr als dreißig Kaktusmänner auf der Lichtung. Sie umringten den Hexer und schrien:

„Keine Hohlköpfe, keine Hohlköpfe!"

„Meinetwegen. Wenn euch das stört, nehme ich es zurück." Kaligmo hörte auf zu lachen. „Ich bin ja gar nicht so, ab jetzt seid ihr nur noch meine Stachelköpfe und Kaktusmänner, einverstanden?"

„Einverstanden, Herr." Die Stachligen zogen sich ein paar Schritte zurück.

„Dann ruht euch jetzt aus. Schöpft Kräfte, denn morgen werden wir einen neuen Angriff starten, einen schrecklichen Angriff auf die Smaragdenstadt."

DAS MAGISCHE AUGE

Über diesen Ereignissen hatte Kaligmo Pet Rivas Scheppern im Gebüsch vergessen, zumal sich der alte Fischer seither mucksmäuschenstill verhielt. Der Holzfäller, entsetzt wegen der Armee von Kaktusmännern, die sich am nächsten Tag in Bewegung setzen sollte, atmete ein bisschen auf. Doch nun wandte sich der Hexer ihm zu. Mit einem hässlichen Grinsen sagte er: „Hast du gesehen, welche Macht ich besitze? Wenn du etwa ein Lügner bist, ein Spion, der sich bloß bei mir einschmeicheln will, um mich auszuhorchen, gib es gleich zu. Ich könnte dich sonst in vier Teile zerlegen und in diesem Fall würde keins wieder zu einem Ganzen werden."

„In vierfacher Ausfertigung herumzulaufen, würde mir auch nicht gefallen", erwiderte unerschrocken der Eisenmann.

„Ganz wie du meinst. Komm jetzt mit in meine Hütte. Ich zeige dir ein paar Dinge, die du noch nie gesehen hast."

Während der Holzfäller dem Zauberer folgte, überlegte er verzweifelt, wie er ihn hindern könnte, seine Männer in die Smaragdenstadt zu schicken. Doch ihm fiel nichts ein. Kaligmo dagegen misstraute seinem Besucher immer noch. Er nahm sein Magisches Glas, das die Form eines riesengroßen Auges hatte, sprach eine kurze Formel und sah die Smaragdenstadt vor sich. Zwar reichte seine Kraft nicht, ins Innere der Gebäude zu blicken, aber die Stadtmauern, die Häuser und das Schloss waren gut auszumachen.

„Das ist ja ein richtiges Wunderauge", sagte der Holzfäller, „ich sehe grüne Steine an den Schlosstürmen blitzen. Ist das die Smaragdenstadt?" Er tat, als würde er sie nicht kennen.

Ein Storch flatterte ins Bild und ließ sich im Park neben einem Löwen nieder. Kaligmo klopfte an das Glas und plötzlich hörte man die beiden sprechen.

„Ich habe meinen Auftrag ausgeführt", klapperte der Storch. „Dieser Kaligmo ist tatsächlich der Herr der Stachelmänner."

Der Hexer fuhr wütend auf.

„Oh, diese Bande! Sie haben einen Vogel geschickt, um mich auszuspionieren. Er muss hier im Kupferwald gewesen sein." Er schlug mit der Faust auf den Tisch, dass die Gläser tanzten.

„Auch den Eisernen Holzfäller habe ich getroffen", fuhr der Storch fort. „Er ist auf dem Weg hierher. Vorher wollte er noch mehr in Erfahrung bringen. Ich hab ihn beschworen, nicht zu dem Zauberer zu gehen ..."

Das Weitere war nicht mehr zu verstehen, denn Kaligmo stieß einen so lauten Fluch aus, dass die Wände erzitterten und das Bild im Riesenauge verschwamm.

„Hab ich es doch geahnt", schrie er, „du steckst mit denen unter einer Decke! Von wegen, du bewunderst mich und willst den Kupferwald kennen lernen! Aber das wird dir schlecht bekommen."

Hätte der Holzfäller bleich im Gesicht werden können, so wäre das jetzt passiert. Er war bis an die Wand zurückgewichen und murmelte:

„Nicht doch, das verstehst du ganz falsch."

„Bist du der Kerl, von dem dieser Storch spricht, oder nicht?"

Lügen fiel dem Eisenmann schwer, er spürte auch, dass es keinen Zweck mehr hatte.

„Ja, schon, aber ich bin nicht in böser Absicht gekommen, ich möchte in Ruhe mit dir reden."

Statt einer Antwort stampfte der Hexer mit dem Fuß auf. Der Boden unter dem Holzfäller öffnete sich und er stürzte in eine Grube. Obwohl sie nicht tief war, tat er sich beim Aufprall ziemlich weh. Trotzdem war er gleich wieder auf den Beinen. Nach oben konnte er allerdings nicht mehr gelangen, denn die Decke über ihm schloss sich sofort wieder.

Jetzt sitze ich in der Falle; besonders geschickt hab ich mich nicht angestellt, dachte der Eisenmann. Hoffentlich entdeckt Kaligmo nicht auch noch Pet und Mia, sie müssen unbedingt den Scheuch benachrichtigen.

Der Hexer aber, nachdem er erfahren hatte, dass man in der Smaragdenstadt Bescheid wusste, fragte sich, was zu tun sei. Dann werde ich eben noch mehr Stachlige erschaffen und auf sie loslassen, dachte er, jetzt weiß ich ja, wie das geht. Danach stelle ich meine Forderungen. Sie sollen mich zum Obersten Zauberer der Stadt und des Käuerlandes ernennen und mir in allem zu Diensten sein, bevor ich meine Männer zurückpfeife. Der Eisenmann aber kann erst einmal im Dunkeln schmoren. Ich behalte ihn als Faustpfand, falls irgend etwas schief geht.

Er überlegte, ob er noch einmal sein Magisches Auge befragen sollte, fühlte sich jedoch nach den Anstrengungen des Tages plötzlich sehr müde.

„Ich werde mir eine Pause gönnen“, murmelte er und setzte sich in einen Schaukelstuhl, der am Fenster stand. Eine Minute später begann er so laut zu schnarchen, dass es über die ganze Lichtung schallte.

Auch die Kaktusmänner, die sich in den Wald zurückgezogen hatten, schliefen, wobei sie leise Pfeiftöne von sich gaben.

„Man könnte meinen, eine Schar von Ratten hat sich versammelt und unterhält sich mit einem großen Wildschwein", sagte Mia zu Pet Riva. Sie war von ihrem Baum heruntergekommen und sehr in Sorge um ihren Herrn.

„Da ist etwas falsch gelaufen", flüsterte der Alte. „Kaligmo hat herumgeschrien und der Holzfäller ist völlig verstummt."

„Ganz meine Meinung. Mein Herr konnte wieder mal nicht genug von der Gefahr kriegen. Ich kenne das schon. Nun sitzt er bestimmt in der Tinte."

„Hoffentlich ist ihm nichts Schlimmes passiert."

„Ich werde nachschaun", miaute die Katze. „Bleib du im Versteck."

Sie verschwand, huschte durchs hohe Gras zur Hütte. Zunächst konnte sie den Holzfäller nicht entdecken, aber als sie nach hinten schlich, hörte sie ein unterirdisches Rumoren.

„Bist du das, Herr?", fragte sie leise.

Es war tatsächlich der Holzfäller, doch er gab keine Antwort, denn er hörte Mia nicht.

Ein Rohr führte in die Erde. Die Katze begann daran zu kratzen. Gleich darauf ertönten von unten drei Schläge. Der Eisenmann hatte verstanden.

Mia kratzte nochmals, was soviel hieß wie: Wir wissen Bescheid und bitten um Geduld. Mehr konnte sie im Augenblick nicht tun. Sie musste sich erst mit Pet besprechen.

„Das ist eine knifflige Geschichte", murmelte der Alte, als sie wieder bei ihm war. „Wir können versuchen, den Hexer zu überwältigen, doch ich fürchte seine Zauberkraft. Wenn er erwacht und uns bemerkt, sind wir alle drei verloren."

„Immerhin lebt mein Herr. Vielleicht können wir einen Gang zu dem Keller graben, in dem er zu stecken scheint."

„Wir haben weder Spaten noch Hacke“, erwiderte der Fischer, „und es würde auch viel zu viel Lärm machen.“

„Schlafwasser brauchten wir“, miaute die Katze. „So wie es der Scheuch und Elli, die ‚Fee des Tötenden Häuschens‘, damals benutzten, um die Unterirdischen Könige außer Gefecht zu setzen. Mein Herr hat mir oft davon erzählt.“

Pet schlug sich an die Stirn.

„Dass ich nicht eher daran gedacht habe! Die Quelle mit dem Schlafwasser ist längst versiegt, doch hier in der Nähe wächst Silbermoos. Das macht gleichfalls müde.“

Sofort erinnerte sich Mia an den Kampf gegen die Schlange mit den Bernsteinaugen. Seinerzeit hatten sie Dickhaut durch Silbermoos versehentlich zum Schlafen gebracht. Allerdings hatten sie auch etwas Lebenswasser dazu gebraucht.

„Lebenswasser haben wir zwar nicht“, fügte in diesem Moment Pet Riva hinzu, „aber vielleicht funktioniert es mit Harz von Kupfereichen. Ich hab mal so was gehört.“

Sie beschlossen, es zu versuchen. Mia sollte am Waldrand Silbermoos aufspüren, Pet wollte Harz von den Baumrinden kratzen. Hoffentlich wachte der Hexer nicht auf, bevor sie alles beisammen hatten.

Es dauerte eine Weile, bis sie ihr Experiment beginnen konnten, aber die Kaktusköpfe schnarchten noch. Kaligmos Gegrunze allerdings war bereits sehr unregelmäßig.

Beim Geruch des ins Moos geriebenen Harzes begann der Alte zu gähnen.

„Ich gehe jetzt los und versuche mein Glück, bevor ich selber einschlafe“, brummte er. „Halt dich im Hintergrund und laufe, falls die Sache nicht klappt, so schnell du kannst zum Scheuch.“

Mia war einverstanden und blieb zurück. Der Alte aber schlich zum Fenster, hinter dem Kaligmo schlief. In der Hand hielt er mehrere Büschel Silbermoos, mit Harz getränkt.

Das Fenster stand halb offen, doch Pet musste in die Hütte hinein, um den Hexer zu betäuben. Er flüsterte eine Formel, die ihm als Zauberlehrling eingepaukt worden war und von der er Schutz erhoffte. Dann schwang er sich über die zum Glück niedrige Brüstung. Doch die Turnübung fiel ihm schwer und bei dem Krach, den er dabei machte, wachte Kaligmo auf. Vor Überraschung stieß er einen Schrei aus.

„Was geht hier vor", stammelte er, kam freilich nicht dazu, eine seiner gefährlichen Verwünschungen auszusprechen. Pet stürzte sich auf ihn und drückte ihm das Moos ins Gesicht. Zwar wollte sich der Hexer wehren, er fuchtelte mit den Armen und trat dem Alten gegen das Schienbein, doch einen Zauberspruch brachte er nicht mehr zu Stande. Wie tot fiel er jäh in seinen Stuhl zurück, der wild zu schaukeln begann.

„Das war knapp", stöhnte Pet, „aber es ist geschafft." Dann wischte er sich den Schweiß von der Stirn. Von all dem war ihm mächtig heiß geworden.

DIE GELBEN STRICKE

Wenig später war auch die Katze da und beide bemühten sich, den Holzfäller zu befreien, der durch Klopfzeichen auf sich aufmerksam machte. Sie fanden die Falltür, durch die er in die Tiefe gesaust war, konnten sie aber nicht öffnen. Sie war durch Zauberei geschlossen und nur durch schwarze Kunst wieder aufzukriegen. Vergeblich sagte Pet sämtliche Hexensprüche auf, die er kannte. Selbst Kaligmos Zauberstab half nicht, denn er hätte nur in den Händen des Hexers etwas bewirkt.

„Da nützt alles nichts, wir müssen die Dielen aufbrechen", sagte der Alte und sah sich nach einem geeigneten Werkzeug um. Mia jedoch hatte eine Treppe entdeckt, die nach unten führte.

„Bestimmt gelangen wir hier zu meinem Herrn", rief sie.

Tatsächlich erreichten sie über zwei Kellerräume, die mit Vorräten, aber auch Zauberutensilien wie Rattenschwänzen, getrockneten Blutegeln, Flaschen mit Schlangengift und Krötenhäuten angefüllt waren, eine Mauer, hinter der es polterte. Drüben schlug der Holzfäller mit seiner Axt gegen die Wände. Um zu zeigen, wie nahe sie ihm waren, ergriff Pet eine Eisenstange, die zwischen allerlei Gerümpel lag, und klopfte gegen die Wand. Sofort erklangen wieder heftige Schläge von der anderen Seite.

Die Eisenstange hatte eine Spitze. Pet trieb sie in eine Mauerritze und rüttelte mit aller Kraft. Nach einiger Zeit gelang es ihm, einen Stein herauszubrechen. Da der Holzfäller die Wand gleichfalls bearbeitete, entstand bald ein Loch.

Inzwischen rannte Mia aufgeregt zwischen Keller und Wohnraum hin und her, denn sie befürchtete, Kaligmo könnte aufwachen. Als das Loch schon ziemlich groß war, begann der Hexer laut zu stöhnen und die Katze rief nach Pet. Der Alte kam angekeucht und drückte dem

Zauberer das Silbermoos erneut auf Mund und Nase. Es dauerte eine Weile, bis Kaligmo wieder still wurde.

„Die Wirkung des Mooses lässt nach", sagte der Fischer, „wir müssen uns etwas anderes einfallen lassen."

„Was denn?", fragte Mia. „Willst du ihn totschlagen?"

„Das natürlich nicht, wenngleich er ein ekelhafter und gefährlicher Kerl ist."

Der Holzfäller, schmutzverschmiert, kam die Treppe herauf. Er hatte sich endgültig befreit und die letzten Sätze gehört.

„Wenn wir ihn fesseln, muss Kaligmo auf seine Tricks verzichten", krächzte er. „Dann werden wir in Ruhe mit ihm reden."

Obwohl Mia sehr froh war, den Eisenmann wiederzusehen, sagte sie spöttisch: „Mein Herr hat immer noch nicht genug. Fesseln sollten wir ihn, aber dann bloß weg! Wir können froh sein, wenn wir an diesen Stachelköpfen vorbei heil aus dem Wald kommen."

Sie hatten keine Zeit, lange zu streiten. In der Ecke lagen einige

Stricke und Pet ging hin, um damit den Zauberer zu verschnüren. Doch kaum hatte er eines der sonderbar gelben Hanfseile in der Hand, fing es an, sich zu bewegen. Es züngelte wie eine Schlange an ihm hoch und wickelte sich eng um seinen Körper. Statt des Hexers wurde der Alte selbst gefesselt.

Das alles ging so schnell, dass Pet zappelnd am Boden lag, bevor die anderen noch begriffen, was geschah. Der Holzfäller hob die Axt, doch er konnte es nicht riskieren zuzuschlagen – er hätte nur den Freund verletzt. Dazu kam noch, dass sich nun auch der Haufen der übrigen Stricke regte und auf die drei zukroch. Erschrocken wich der Eisenmann zum Fenster zurück, aber die Katze schrie:

„Das Silbermoos! Wir müssen es damit versuchen!"

Der Holzfäller begriff. Er nahm ein Büschel Silbermoos, das am Boden lag, und stürzte sich auf den Haufen Seile. Ein wildes Getümmel entstand, denn die Stricke wollten sich ihm um Arme und Beine winden. Zum Glück reichte der Harzgeruch noch aus, sie zu ermüden. Schlapp und kraftlos fielen sie nacheinander in sich zusammen. Auch das Seil, das Pet Riva umschlungen hielt, gab nach. Der Alte richtete sich auf und streifte es ab.

„Nichts wie weg hier", rief Mia, „sonst kommen wir nicht lebend aus diesem Wald heraus!"

„Mia hat Recht", sagte Pet, „die Sache wird wirklich zu riskant."

Das sah nun auch der Holzfäller ein.

„Gut, machen wir uns davon." Er nahm zwei der Moosbüschel, warf eins auf den Haufen Stricke und legte das andere dem Hexer auf die Brust. Dann ergriff er noch das Magische Auge. „Das nehmen wir auf jeden Fall mit."

Kurz darauf erreichten sie die Stachelmänner, von denen einige langsam munter wurden, andere aber weiterschnarchten. Die Wachgewordenen glotzten sie erstaunt an, versuchten jedoch nicht, sie aufzuhalten.

JESSICAS ENTDECKUNG

Während sich der Eiserne Holzfäller, Pet Riva und die Katze Mia mit dem Hexer herumschlugen, herrschte in der Smaragdenstadt nach wie vor höchste Alarmstufe. Zwar gaben die Kaktusmänner seit einiger Zeit Ruhe, aber das war bestimmt nicht von Dauer. Außerdem wuchsen die Dornenhecken weiter. Die Bewohner mussten einen ständigen Kampf gegen Kakteen und Stachelbüsche führen, damit sie wenigstens Fenster und Türen ihrer Häuser sowie die Stadttore freihielten.

Als Klapp mit der Nachricht eintraf, dass Kaligmo in der Tat hinter der Hexerei in den Gärten steckte, gab es allgemeine Aufregung. Der Löwe wollte sofort los, um ihn zur Rede zu stellen und ihm „den Kopf abzureißen", wie er sich ausdrückte. Es sei denn, er mache „augenblicklich alles rückgängig".

„Aber was sind die Gründe für sein bösartiges Verhalten?", fragte Betty den Storch, der gravitätisch hin und her schritt.

„Das konnte ich leider nicht ermitteln", erwiderte Klapp leicht verlegen. „Ich habe eine Abmachung mit dem Eisernen Holzfäller und Pet Riva, dass sie weitere Erkundigungen einholen."

Die wundersame Auferstehung des alten Fischers und die baldige Ankunft des Eisenmannes hatten alle mit Freude zur Kenntnis genommen. Gerade deshalb jedoch tadelte der Scheuch:

„Wieso holen diese beiden Erkundigungen ein? Womöglich geraten sie in Gefahr."

„Wäre ich etwa nicht in Gefahr geraten?", wandte der Storch ein. „Ich habe Familie."

„Du hättest wenigstens versuchen können, mit dem Hexer zu reden", sagte der Löwe. „Du hattest nun einmal den Auftrag übernommen."

„Behaupte noch, dass ich ein Feigling bin! Wenn ich nicht in diesen schrecklichen Kupferwald geflogen wäre, ständet ihr jetzt ohne jede Nachricht da.“

Der Löwe wollte widersprechen, er hielt den Storch in der Tat für einen Feigling. Aber der Scheuch ließ ihn nicht zu Wort kommen.

„Schluss mit dem Streit, in gewisser Weise hat Klapp Recht. Wir wissen jetzt, dass Kaligmo schuld an allem ist, und werden seine Beweggründe schon noch erfahren. Offenbar ist er ein sehr hinterhältiger Zauberer. Wir können nur hoffen, dass er unseren Freunden kein Leid zufügt.“

„Wie der Löwe schon sagt: Wir sollten ihn zur Rede stellen“, meldete sich wieder Betty zu Wort. „Doch es hat keinen Sinn, sich ihm auszuliefern. Warten wir erst die Ankunft Pets und des Holzfällers ab.“

„Wer weiß, ob der Schurke sie nicht dort festhält“, murrte der Löwe. „Ihr habt mich schon einmal zurückgehalten – nun will ich wissen, woran ich bin. Ich schau mir den Mann an.“

„Na gut, wenn es sein muss“, seufzte Betty. „Aber bitte sei vorsichtig.“

„Nimm am besten Dickhaut mit“, fügte der Scheuch hinzu, „zu zweit könnt ihr mehr ausrichten.“

„In Ordnung, darüber lässt sich reden.“

Jessica war bei dieser Beratung nicht anwesend, sie half im Park bei der Kaktusbekämpfung. Da die Arbeit aber äußerst mühselig, ja bisweilen hoffnungslos schien, hatte sie schon mehrfach auf Wege gesonnen, die mehr Erfolg versprachen. Ich müsste mal schnell nach Hause ins Menschenland, dachte sie, und mich mit Großvater Goodwin beraten. Er kennt bestimmt ein geeignetes Unkrautvertilgungsmittel.

Doch nach Hause, das ging nicht so einfach. Entweder musste man die Riesenadler bitten, sie über die Weltumspannenden Berge und zurück zu bringen, oder jemanden anderen, sie durch die Wüste zum Fliegenden Trog zu begleiten, der einst der Hexe Gingema gedient hatte. Beides aber erforderte viel Zeit und Aufwand, besonders jetzt, da sich alle mit den Dornenmännern beschäftigten.

Dass Jessica so lange im Zauberland bleiben konnte, war ohnehin ein Wunder. Immer wieder betrachtete sie die kleine silberne Stimmgabel, die ihr die Fee Stella aus dem Rosa Reich geschenkt hatte. Jessica hatte ihr einst geholfen, den Betrüger Mark zu besiegen, und vor kurzem, beim Zauberwettbewerb, hatte die Fee ihr zum Dank diese Gabel gegeben. „Bringst du sie zum Klingen“, hatte Stella gesagt, „so kannst du zwei Monate bei uns weilen, während bei dir zu Hause nur eine Stunde vergeht. Allerdings solltest du die Gabel mit Bedacht gebrauchen, denn sie hilft nur sieben Mal.“

Jessica hatte versprochen, sich daran zu halten, und die Gabel auch gleich ausprobiert. Auf diese Weise würden die Eltern nichts von ihren Abenteuern merken und sich nicht erst Sorgen machen.

Ein Abstecher nach Hause, das geht nicht, hatte das Mädchen also bei sich gedacht, aber ein Mittel gegen die Hecken muss ich trotzdem finden. Vielleicht kriege ich etwas aus dem Gefangenen heraus.

Sie hatte Faramant, dem Torwächter, ihre Absicht mitgeteilt, damit er sie ins Gefängnis ließ. Freilich bestand er darauf, sie zu begleiten und die letzte Gittertür nicht zu öffnen.

Jessica nahm Schokolade und Kekse mit. Obwohl sie den stachligen Gesellen fürchtete, hatte sie auch Mitleid mit ihm.

Der Kaktusmann, die Arme um die Knie geschlungen, saß trübsinnig in einer Ecke am Boden. Die Pritsche und den Stuhl in der kleinen Zelle wollte er anscheinend nicht benutzen.

Jessica bat Faramant, etwas zurückzubleiben, und trat ans Gitter.

„Hallo, Stachliger", sagte sie, „ich bin Jessica, ein Mädchen aus dem Menschenland, du hast mich ja schon gesehen. Jetzt besuche ich dich. Ich kann mir vorstellen, dass du im Augenblick nicht gerade glücklich bist." Der Dornenmann schaute sie mit Augen an, die im Halbdunkel gelb leuchteten, gab aber keine Antwort.

„Ich hab dir etwas mitgebracht." Jessica reichte ihm Kekse und Schokolade durchs Gitter. Als er keine Anstalten machte, die Sachen zu nehmen, warf sie ihm beides zu.

Der Stachlige ließ die Kekse liegen, schnupperte aber an der Schokolade. Der Geruch behagte ihm offenbar. Er brach die Tafel in zwei Stücke und schob eins mitsamt dem Papier in den Mund.

„Das Papier musst du abmachen", rief Jessica belustigt, doch der Kaktusmann schien sie nicht zu verstehen. Er verschlang hastig auch das zweite eingewickelte Stück.

„Ich möchte mit dir sprechen. Wie heißt du denn?", fragte das Mädchen.

„Weiß nicht. Keinen Namen", erwiderte der Stachlige.

„Du hast keinen Namen? Ist ja sonderbar. Dann nenne ich dich eben … na ja … Schwarzdorn. Einverstanden?“

Schwarzdorn gab keine Antwort, roch aber an den Keksen und verleibte sich schließlich einen ein. Sie schienen ihm gleichfalls zu schmecken.

Jessicas Stimme wurde ernst.

„Hör mal, Schwarzdorn. Du darfst dich nicht wundern, wenn du hier eingesperrt bist. Was du und deine Freunde in unserer Stadt angerichtet haben, ist überhaupt nicht schön. All diese furchtbaren Stachelhecken. Warum macht ihr das?“

„Befehl vom Schwarzen Zauberer“, sagte der Kaktusmann.

„Und warum befiehlt er euch das, dieser Schwarze Zauberer? Was haben wir ihm getan?“

„Weiß nicht“, erwiderte Schwarzdorn.

„Also wirklich, viel Ahnung von den Dingen scheinst du nicht zu haben“, stellte Jessica fest. „Würdest du denn noch mehr solcher Hecken bei uns pflanzen, wenn du frei wärst?“

„Kann sein. Durst.“

Jessica wandte sich an Faramant.

„Er hat Durst. Gebt ihr ihm nichts zu trinken?“

„Er hatte ein ganzes Fass Wasser in seiner Zelle“, sagte der Torwächter. „Das kann er unmöglich schon ausgetrunken haben.“

Schwarzdorn hatte diese Worte verstanden. Zum Zeichen, dass der Behälter leer war, stieß er ihn um. Ein paar letzte Tropfen perlten heraus.

„Das gibt’s nicht“, murmelte Faramant. „Ich dachte, das Fass würde eine Woche reichen.“

„Ich glaube, es sind eine Art Pflanzenmenschen“, überlegte Jessica laut. „Sie brauchen viel Flüssigkeit. Ich hole ihm etwas zu trinken.“

Ohne auf Faramant zu hören, der brummte, er hätte nicht ewig Zeit und würde einen Wächter schicken, um das Fass neu zu füllen, rannte sie los. Da sie aber keinen Eimer von sonst woher heranschleppen wollte, lief sie in ihr Zimmer nebenan im Schloss, schnappte sich zwei Flaschen Himbeerlimonade und war im nächsten Augenblick wieder im Turm.

„Hier, meine Lieblingslimo. Das wird dir schmecken." Sie reichte dem Kaktusmann eine der Flaschen durchs Gitter.

Der Stachlige nahm das Gefäß, roch daran und drehte es hin und her. Die rosa Flüssigkeit lockte ihn, aber wie sollte er sie in den Mund bekommen?

„So ein Unsinn", schimpfte Faramant. „Er wird die Flasche zerbrechen und sich schneiden."

„Er braucht sie doch bloß aufzuschrauben", erwiderte das Mädchen. Sie nahm die zweite Flasche und machte es vor. Dann hielt sie ihm die Limonade durch die Stäbe wieder hin.

Der Stachlige nahm das Getränk, hielt es aber weit von sich. Die aus dem Flaschenhals schäumende Brause flößte ihm wenig Vertrauen ein.

„Du kannst ruhig trinken. Es ist die beste Limo, die es gibt", ermunterte ihn Jessica.

Endlich überwand sich Schwarzdorn und sogleich verklärte sich sein Gesicht. Er trank weiter, schnalzte mit der Zunge und begann den Kopf zu wiegen.

„Ich wusste, dass dir die Brause schmecken würde", sagte Jessica. „Komm, ich öffne dir die andere Flasche."

Doch das dauerte dem Stachligen zu lange. Er schüttelte den Kopf und schlug die Glasflasche unvermutet gegen die Wand, so dass der Hals abbrach. Die herausspritzende Limonade dirigierte er geschickt ins weit geöffnete Maul.

Dann begann er zu tanzen. Mit tapsigen Schritten wie ein Bär und leicht schwankend. Dazu gab er eine Art Singsang von sich.

„Man könnte denken, er sei betrunken“, sagte Faramant. „Von Himbeerlimonade!“

„Betrunken, na hör mal.“ Jessica musste lachen.

„Siehst du nicht, wie er schwankt? Jetzt wäre er beinahe hingefallen.“

„He, Schwarzdorn, was ist mit dir los?“, wollte das Mädchen wissen.

Der Stachlige gab keine Antwort, sondern fing an, sich im Kreis zu drehen. Schließlich plumpste er in eine Ecke. Im nächsten Augenblick war er, zufrieden grienend, eingeschlafen.

„Das gibt es nicht“, stöhnte der Torwächter. „Ein Kerl wie ein Baumstamm und wird von zwei Flaschen Brause besoffen." Er schüttelte den Kopf.

„Vielleicht war Alkohol in der Limo", vermutete Jessica. „Obwohl … ich hab heute morgen aus einer Flasche getrunken, die schmeckte wie immer."

Sie schlossen vorsichtig die Zellentür auf, denn im Moment konnte nichts passieren. Schwarzdorn schnarchte, dass es durchs ganze Gefängnis schallte. Doch auch als Faramant zu ihm ging, an der Flasche und am Atem des Kaktusmannes schnupperte, vermochten sie nichts Ungewöhnliches feststellen. Auf keinen Fall roch er nach Wein oder Schnaps.

„Das ist höchst eigenartig", brummte der Torwächter, „aber wie nun immer, ich hab keine Zeit mehr. Schließen wir ihn wieder ein. Im Moment kannst du sowieso nichts mit ihm anfangen."

Jessica sah das ein und verließ mit Faramant das Gefängnis. Dabei hatte sie aber das Gefühl, etwas Wichtiges entdeckt zu haben. Wenn Schwarzdorn durch Himbeerlimonade betrunken wird, muss das irgendwie auszunutzen sein, überlegte sie. Ich werde gründlich über die Sache nachdenken und mich vielleicht auch mit dem Scheuch oder Betty beraten. Wäre doch gelacht, wenn wir diese Stachelköpfe nicht kleinkriegen.

Dritter Teil

Der schwarze Falke

DIE VERFOLGUNG

Kaligmo erwachte mit dröhnendem Kopf. Ihm war, als hätte jemand mit Trommelschlägeln auf seine Schädeldecke eingehämmert. Die Sonne stand schon tief, kitzelte ihn aber durchs offene Fenster an der Nase. „Hatschi!" Der Hexer nieste laut und sein Kopf dröhnte noch mehr.

Zwei schwarzgrüne Kalbsgesichter mit Stacheln auf der Stirn glotzten ihn durch die Fensteröffnung an. Was ist mit euch, was stiert ihr so?, wollte Kaligmo sagen, brachte aber nur ein Gurgeln heraus. Mit der Hand streifte er irgendetwas von der Brust – stinkendes Mooszeug. Dann setzte er sich mühsam auf und der Schaukelstuhl, in dem er gelegen hatte, begann zu wippen.

„Was ist passiert?", murmelte der Hexer. Sein Blick wanderte durch den Raum zum Tisch. Etwas fehlte dort. Das Magische Auge! Mit einem Mal war Kaligmo hellwach.

Ich habe geschlafen, nachdem ich diese komische Blechfigur eingesperrt hatte! Im Schlaf hat sich jemand auf mich gestürzt und mich betäubt! Ich bin nicht dazu gekommen, meine Formeln zu sprechen. Während der Hexer aufsprang und zum Tisch lief, schossen ihm schemenhaft diese Erinnerungen durchs Hirn.

Nirgendwo das Zauberglas! Kaligmo konnte nun wieder sprechen und schrie die Stachligen am Fenster an:

„Was war hier los! Wo ist das Magische Auge?"

„Wir haben nichts gesehen, Herr. Wir haben uns ausgeruht."

„Ausgeruht, ihr Hohlköpfe? Während man mich bestohlen hat?"

„Nenn uns nicht Hohlköpfe, Herr. Du hattest gesagt, wir sollen schlafen."

Kaligmos Kopf barst vor Schmerz fast auseinander. Er steckte ihn in einen Kübel mit kaltem Wasser, dann griff er nach seinem Zauberstab:

„Kuriflex, Kandalembo!“

Mit einem Knall öffnete sich die Falltür zum unterirdischen Verlies. Doch vom Gefangenen keine Spur. Eine Kellerwand war durchbrochen und der Eiserne Holzfäller verschwunden.

„Karigma, Fralenzo, Durenke!“, schrie der Hexer.

Ein nachtblauer Vorhang in der Ecke löste sich von einer Stange und verwandelte sich in einen Raben.

„Was war hier los, Meggelin?“, fragte Kaligmo. „Was hast du gesehen?“

„Einen alten Mann und eine Katze, Herr. Sie haben dich betäubt und die Blechfigur befreit."

„Und warum hast du sie nicht aufgehalten?"

„Ich hatte keinen Befehl von dir, Herr."

Der Zauberer fluchte. Es stimmte, ohne Befehl konnte der Rabe nichts tun. Er war dann bloß ein Stück Tuch, ein Vorhang, der aus seiner Ecke alles beobachtete.

„Wann sind sie weg? Wieviel Zeit ist vergangen, seit sie geflohen sind?", fragte er.

„Die Sonne beschien deine Füße, Herr."

Kaligmo überlegte. Als er erwacht war, hatte ihn die Sonne im Gesicht gekitzelt. Es war nicht anzunehmen, dass er seine Lage seit ihrem Verschwinden sehr verändert hatte, also musste es ungefähr eine Stunde her sein.

„Sie haben den Kupferwald noch nicht verlassen", rief der Hexer triumphierend, „ich kann sie noch festhalten!" Er griff zum Zauberstab, zeichnete auf dem staubigen Fußboden ein Viereck, warf drei silberne Kugeln hinein und rief:

„Zauberboten aus dem dunklen Land,
eilt dahin und schließt die unsichtbare Wand!"

Er spuckte in das Viereck und unvermittelt erhoben sich die Kugeln, sausten pfeilschnell davon. Sie würden eine Mauer um den Kupferwald ziehen, die nicht zu sehen und nicht zu überwinden war.

„Nun zu dir", rief der Hexer dem Raben zu. „Flieg los und spür die Diebe auf. Inzwischen machen sich die Kaktusmänner an die Verfolgung."

Während der Rabe startete, rannte Kaligmo auf die Lichtung, wo inzwischen alle Stachligen versammelt waren.

„Schwärmt aus und fangt den Eisenkerl, der mein Magisches Auge gestohlen hat!“, befahl er. „Eine Katze und ein weiterer Mann sollen bei ihm sein. Bringt sie her zu mir, damit ich sie in Warzenschweine verwandeln kann.“

Die Stachelmänner, obwohl sie nicht genau begriffen, worum es ging, trollten sich. Einige nahmen auch den Weg, auf dem die Freunde geflohen waren. Der Rabe aber flog voraus – er ahnte, dass die Flüchtigen hin zum Fluss entkommen wollten.

Inzwischen hatten die drei fast den Waldrand erreicht. Mia, die am schnellsten dahinhuschte und immer einige Meter voraus war, rief:

„Nun kommt schon. Wir haben’s gleich geschafft. Jenseits des Waldes kann uns Kaligmo bestimmt nichts mehr anhaben.“

Plötzlich zuckte ein silberner Blitz durch die Luft, ein kurzes Rauschen ertönte und die Katze miaute erschrocken auf.

„Was ist los?“, fragte Pet Riva.

„Hier geht's nicht weiter. Ein unsichtbares Hindernis. Ich hab mir den Kopf gestoßen.“

„Ein Hindernis?“, erkundigte sich der Holzfäller erstaunt. „Wir haben doch vorhin keins angetroffen. Dabei sind wir hier vorbeigekommen, ich erinnere mich genau.“

Die Männer erreichten die Katze und prallten gleichfalls zurück. Tatsächlich ragte mitten auf dem Weg eine unsichtbare Wand auf. Sie ging offenbar weit nach oben und hinderte die drei auch am Durchkommen, als sie seitwärts ausweichen wollten.

Der Holzfäller zog die Axt, aber Pet Riva hatte schon begriffen.

„Ein Zauber“, murmelte er. „Wir sitzen in der Falle.“

Sie legten das Magische Auge ins Gras und drehten es in Richtung Kaligmo. Bisher hatten sie sich nicht die Zeit genommen, hineinzuschauen, denn sie waren ständig gerannt und man erkannte nur etwas darin, wenn man es absolut still hielt.

Zunächst war nichts zu sehen, aber dann erblickten sie den Hexer, wie er den Raben losschickte, auf die Lichtung trat und den Kaktusmännern Befehle erteilte. Die drei brauchten seine Worte nicht erst zu hören. Sie begriffen auch so, dass es um ihre Haut ging.

„Rette uns, Pet“, rief Mia. „Du musst diese Wand sprengen.“

Doch der Alte schüttelte den Kopf. Selbst mit seiner Zauberangel hätte er nichts ausrichten können.

„Wir werden kämpfen.“ Der Holzfäller hob die Axt.

„Gegen dreißig Stachlige und einen Hexer!“, stöhnte die Katze. „Mein Herr ist verrückt geworden.“

„Wir sollten uns erst mal verstecken“, schlug Pet vor. „Vielleicht fällt uns dann etwas ein.“

Sie rannten an der unsichtbaren Wand entlang, weniger in der Hoffnung, eine Lücke als vielmehr ein Versteck zu finden. Aber kein Busch schien ihnen dicht, kein Baum hoch genug.

Mit einem Mal trat ein Wolf, silbergrau glänzend, aus dem Gebüsch. Der Holzfäller hob erneut die Axt und Mia begann zu fauchen.

„Keine Angst, ich will euch nichts tun", sagte der Wolf. „Ich bin alles andere als ein Freund des Schwarzen Hexers."

„Was bist du dann? Ich weiß nicht, ob wir dir glauben können", miaute misstrauisch die Katze.

„Ihr müsst es wohl. Nur ich kann euch ein Versteck zeigen, wo ihr vor den Blicken des Zauberraben sicher seid, den Kaligmo ausgeschickt hat."

„Er hat Recht. Wir kennen uns hier nicht aus", gestand Pet Riva zu.

Ohne eine weitere Entgegnung verschwand der Wolf zwischen den Sträuchern. Der Holzfäller und sein Freund folgten ihm. Mit hängendem Schwanz schlich auch Mia hinterher.

Im dichtesten Unterholz blieb der Silberwolf stehen.

„Hier", sagte er. „In dieser Höhle werden sie euch nicht so schnell finden."

„Eine Höhle?" Der Holzfäller sah nur ein Gewirr von Kupferblättern und Messingzweigen.

Mit der Pfote schob der Wolf einige Äste zur Seite.

„Hier hat vor einiger Zeit ein Bär gewohnt. Er war sehr stark und glaubte, er könne sich mit dem Hexer anlegen. Leider ist ihm das nicht gut bekommen."

„Was ist passiert?", fragte der alte Fischer.

„Ein blauer Blitzstrahl. Der Bär hat es nicht überlebt."

„Aber dann kennt Kaligmo das Versteck", wandte Mia ein.

„Wohl kaum", erwiderte der Wolf. „Der Kampf fand auf der Lichtung statt."

Die drei schauten sich die Höhle an. Sie war dunkel und wenig einladend. Aber lange wollten sie ohnehin nicht bleiben.

„Danke für deine Hilfe", sagte der Holzfäller. „Wenn wir dieses Abenteuer heil überstehen, werden wir uns erkenntlich zeigen."

„Vielleicht hast du auch eine Ahnung, wie man mit der unsichtbaren Wand fertig wird?", fügte Mia hinzu.

„Tut mir Leid. Aber ich kann euch etwas zu essen bringen. Einen Aluminiumhasen."

„Nein, nein, das ist wirklich nicht nötig", wehrte Pet ab.

Der Wolf verschwand und die drei versuchten sich in der Höhle einzurichten. Ein weiches Lager brachten sie allerdings nicht zustande – es gab nur Kupferlaub, Aluminiumgras, sperriges Gold- oder Silbermoos.

EIN NEUER ANGRIFF

Der Rabe Meggelin flog bis zur unsichtbaren Wand, konnte die Flüchtigen aber nicht entdecken. Als er einen Silberwolf am Wegrand sitzen sah, ließ er sich auf einem Ast nieder und fragte:

„Du lässt es dir hier in der Abendsonne wohl sein. Hast du zufällig zwei fremde Männer und eine Katze gesehen?“

„Wenn du den aus Eisen mit seinem Freund meinst und das weiße Schnurrbarttier, so habe ich die drei tatsächlich hier entlang rennen sehen“, gab der Wolf zur Antwort.

„Wo sind sie hin? Halten sie sich irgendwo versteckt?“

„Versteckt nicht. Es ist noch nicht lange her, da haben sie den Wald in Richtung Fluss verlassen.“

„Dann haben sie es noch geschafft, bevor mein Herr die Wand errichten konnte“, krächzte der Rabe. „Ich muss sofort zurück und ihm Nachricht geben.“

Er schwang sich wieder in die Luft und hatte schnell die Hütte seines Meisters erreicht. Sofort erstattete er Bericht.

„Du hast dich täuschen lassen“, rief der Hexer. „Ich kenne diesen Wolf, er hat mich schon einmal betrogen. Bestimmt haben sich die drei im Unterholz verkrochen. Sag den Stachelmännern Bescheid, sie sollen das Dickicht durchkämmen.“

Meggelin flatterte erneut davon und rief den Kaktusmännern zu, sie sollten im Unterholz suchen. Die Stachligen waren wenig begeistert von diesem Auftrag, sie bevorzugten Parks oder lichten, offenen Wald, folgten aber dem Befehl. Zwei von ihnen gelangten auch zur Bärenhöhle, deren Eingang jedoch gut getarnt war. Während die drei drinnen den Atem anhielten, bog ein Kaktusmann die Zweige auseinander, um dahinter zu schauen. In diesem Augenblick flatterte neben ihm ein Specht mit zinngrauem Gefieder auf und sagte:

„Ihr sucht ganz vergeblich. Die drei, hinter denen ihr her seid, haben den Wald längst verlassen."

„Woher weißt du …", fragte der Kleinere der beiden.

„Wen solltet ihr sonst suchen? Der ganze Kupferwald hat den Eisenmann, den Alten mit Filzhut und die Katze beobachtet."

„Und du hast sie wirklich wegrennen sehen?"

„Natürlich. Ist schon eine Weile her."

„Das müssen wir unserem Herrn erzählen", rief der kleine Stachelmann und war bereits in Richtung Hütte unterwegs. Nur zu gern folgte ihm der Größere.

Kaum waren sie verschwunden, steckte Mia den Kopf aus der Höhle.

„Wir haben alles gehört", sagte sie zu dem Specht, der nun auf einem Kiefernast Platz genommen hatte. „Du hast sie in die Irre geführt. Warum hast du das für uns getan?"

„Der alte Silberwolf ist ein guter Bekannter von mir. Er hat mich gebeten, auf euch aufzupassen."

„Wir danken euch sehr. Wir hoffen, dass wir heil hier herauskommen, und werden euch eure Hilfe nicht vergessen."

„Ihr schlagt euch mit dem Schwarzen Zauberer herum. Das genügt uns als Dank", erklärte der Specht.

Um im Magischen Auge etwas zu erkennen, mussten es die drei ans Tageslicht tragen. Gemeinsam mit dem Specht beobachteten sie, wie die Kaktusmänner nach und nach auf die Lichtung zurückkehrten und den Hexer unterrichteten.

„Sind sie also doch entkommen!", rief Kaligmo wütend. „Wenn der Specht es gleichfalls erzählt, scheint es zu stimmen. Du, du und du, ihr macht euch an die Verfolgung. Fangt sie ein, bevor sie die Smaragdenstadt erreichen, und bringt vor allem mein Zauberglas zurück. Ihr anderen wartet auf meine Befehle."

„Wie kommen wir durch die unsichtbare Wand, Herr?" fragte einer der Dornenmänner.

„Na wie schon, Hohlkopf, sie erfüllt keinen Zweck mehr und ich reiße sie wieder ein: Kartix, Karfix, Karedulambo!" Er schwenkte den Zauberstab.

„Großartig, er hat das Hindernis wieder entfernt", flüsterte im Unterholz Pet. „Verlieren wir keine Zeit."

„Schon richtig, aber nehmt lieber einen anderen Weg aus dem Wald", riet der Specht. „Dann finden euch die Stachligen nicht."

„Gut, wir gehn nach Osten, dort an dem Bach entlang", sagte Pet. „Da es inzwischen ziemlich finster ist, entdecken sie uns bestimmt nicht."

Der Eiserne Holzfäller, der immer ein Fläschchen Maschinenöl mithatte und dabei war, seine Gelenke zu schmieren, stimmte mit den Worten zu:

„Mia wird uns führen. Sie sieht im Dunkeln am besten."

Kurz darauf verließen sie ihr Versteck. Der Schwarze Zauberer jedoch versammelte zur gleichen Zeit die restlichen Kaktusmänner um sich und befahl ihnen, erneut die verhasste Smaragdenstadt heimzusuchen.

„Ihr seid jetzt so viele, dass ihr die doppelte und dreifache Arbeit leisten könnt", rief er. „Wir starten einen Großangriff. Morgen früh muss die Stadt im Dornengestrüpp ersticken. Ihr werdet dafür sorgen, dass keine Maus mehr hinein- oder herauskommt. Es nützt ihnen nichts, dass sie mittlerweile wissen, wer ihnen das einbrockt. Im Gegenteil, sie werden zu mir kommen und um Vergebung betteln. Oder noch besser: Ich erscheine in meiner ganzen Pracht in ihrem Palast und stelle meine Bedingungen."

Er brach in ein schreckliches Gelächter aus und schickte die Stachligen mit einer Handbewegung los. Dann zog er sich in die Hütte zurück, um weiter an seinem Racheplan zu basteln.

Es hilft nichts, ich muss dem sprechenden Busch ein paar Fragen stellen, dachte er nach einer Weile. Zwar kostete es ihn große Überwindung, nach dem Küchenmesser zu greifen, doch er brauchte einige Tropfen Blut. Da er sich, wie immer, vor dem Schnitt fürchtete, ritzte er lediglich etwas den Daumen an. Dennoch stieß er einen jämmerlichen Schmerzensschrei aus, als die Klinge ins Fleisch drang.

Die wenigen, auf diese Art gewonnenen Blutstropfen verteilte er auf die Blätter, die auch gleich zu wispern begannen.

„Was willst du?“

„Ich werde den Herrscher der Smaragdenstadt zwingen, mich als Obersten Zauberer anzuerkennen“, sagte der Hexer. „Schon morgen kann es so weit sein. Ich werde im Schloss wohnen und dort meine Befehle erteilen. Gibt es etwas, das ich beachten müsste?“

Die Blätter sirrten leise im Wind. Schließlich flüsterte eins:

„Es ist gefährlich, fern von uns zu wohnen. Du brauchst die Kraft des Kupferwaldes.“

„Aber ich will meine Rache und ich habe es satt, in der Einöde zu versauern.“

„Du hast doch die Kaktusmänner. Die Einöde ist deine Bestimmung“, flüsterte das Blatt.

„Kannst du nicht lauter sprechen?“ Der Hexer stampfte mit dem Fuß auf.

„Du hast uns zu wenig Nahrung gegeben“, sagte leise das Blatt. „Wir brauchen mehr von deinem Blut.“

„Blut, Blut“, schrie Kaligmo. „Ich brauche es selber! In der Smaragdenstadt benötige ich all meine Zauberkraft!“

Das Blatt war verstummt. Ein anderes aber wisperte:

„Du bist auf uns angewiesen. Vergiss das nicht.“

„Ich auf euch und ihr auf mich“, rief der Hexer, „das gleicht sich aus.“

Doch die Blätter schwiegen. Sie hatten keine Kraft zum Sprechen mehr.

Kaligmo kehrte unzufrieden in seine Hütte zurück. Er hatte noch dies und das fragen wollen, zum Beispiel, was er machen sollte, wenn er sein Magisches Auge nicht zurückbekam. Ich habe diesen Kupferbusch satt, dachte er, statt auf meine Wünsche einzugehen, will er immer nur mein Blut.

Wenig später hatte er das Gespräch vergessen. Er war damit beschäftigt, sich in einen schwarzen Falken zu verwandeln, denn als solcher wollte er in die Smaragdenstadt fliegen. Der Vorhang in der Ecke, der vorher ein Rabe gewesen war, fragte:

„Mir scheint, du hast etwas Großes vor, Herr? Nimmst du mich nicht mit auf die Reise?“

„Vorläufig nicht“, erwiderte Kaligmo, „ich hole dich nach, sobald das Wichtigste geregelt ist.“

„Lass mich nicht zu lange warten, Herr.“

Der Hexer gab keine Antwort mehr, sondern warf seinen Umhang zu Boden und kauerte darauf nieder. Eine Feder in der Hand, murmelte er geheimnisvolle Sprüche. Bis jäh um ihn her Rauch aufstieg und grelles Licht durch den Raum zuckte. Wenig später schoss ein Vogel mit scharfem Schnabel, spitzen Krallen und schwarz wie die Nacht aus dem Fenster der Hütte. Ohne zurückzublicken, sauste er in Richtung Smaragdenstadt davon.

EIN DÜSTERER MORGEN

Jessica wachte auf und war sehr verwundert. Obwohl sie sich völlig ausgeschlafen fühlte, schien es noch Nacht zu sein, denn in ihrem Zimmer herrschte trübes Dunkel. Sie sprang aus dem Bett und rannte zum Fenster. Von wegen Nacht, es war ganz hell draußen, die Sonne war bereits aufgegangen. Vor den Scheiben aber wuchs dichtes Dornengeäst, und das, obwohl das Mädchen im Schloss ziemlich weit oben wohnte.

Während ich geschlafen habe, waren wieder die Stachligen da und haben ganze Arbeit geleistet, dachte Jessica. Sie öffnete das Fenster, nahm eine Heckenschere, die seit dem Kampf gegen die Dornen immer bereitlag, und schnitt ein Loch in den Blättervorhang. Was sie draußen entdeckte, überstieg ihre schlimmsten Befürchtungen.

Nein, das konnte nicht wahr sein! Der Park mit seinen Wegen, dem gepflegten Rasen und den wunderbaren Blumenrabatten war von einem Meer hässlicher Stachelsträucher überwuchert, aus dem nur noch die Bäume herausragten! Kein Mensch kam da mehr durch und Menschen waren auch nicht zu sehen. Stattdessen hörte man sie schimpfen und schreien. Überall im Schloss und den Häusern jenseits des Parks machten sie sich mit Messern, Beilen oder Sägen an den Dornengewächsen vor Türen und Fenstern zu schaffen.

Jessica zog sich schnell an und rannte, ohne ans Waschen oder gar Frühstücken zu denken, die Treppe hinunter. Unterwegs stieß sie auf mehrere Diener, aber auch auf Din Gior, der genauso entsetzt war wie sie selbst.

„Dieser schwarze Zauberer will uns vernichten“, rief er, „wir müssen sofort Gegenmaßnahmen ergreifen.“

Doch das war wirklich leichter gesagt als getan. Zwar gelang es allen gemeinsam, unter großen Mühen den Eingang zum Palast frei-

zuhacken, doch schon kam Tütü geflogen und berichtete, dass die Stadttore erneut durch riesige Kakteen versperrt wären.

„Sogar auf den Stadtmauern wachsen Stachelbüsche“, erzählte sie erregt, „und Faramant ist im Torhaus richtig eingesperrt.“

Die Diener, aber auch einige Leute aus der Stadt, die es geschafft hatten, ihre Häuser zu verlassen und sich zum Schloss durchzuschlagen, riefen:

„Hilf uns, Weiser Scheuch, so kann es nicht weitergehen! Wie sollen wir unter solchen Umständen unsere Arbeit verrichten und Lebensmittel für unsere Kinder besorgen?“

Der Scheuch, der inzwischen gleichfalls herbeigeeilt war, strengte seinen Kopf an, dass die Nadelköpfe glühten. Prinzessin Betty musste ihm einen kalten Umschlag als Turban umbinden, damit er weiterdenken konnte.

„Wir werden Verbindung zu Kaligmo aufnehmen“, sagte er schließlich. „Was immer er von uns will, wir müssen seine Wünsche erfüllen.“

„Aber wie können wir ihn erreichen?“, fragte Din Gior. „Du siehst, dass wir hier festsitzen.“

„Der Löwe wollte den Hexer ja zur Rede stellen“, erinnerte sich Jessica. „Weiß denn niemand, wo er jetzt steckt?“

„Nein, und leider hat er auch noch Dickhaut mitgenommen“, erwiderte der Scheuch. „Den könnten wir jetzt gut hier gebrauchen. Trotzdem – alles ist nicht verloren. Wir werden einen Brief schreiben und ihn durch die Vogelpost überbringen lassen.“

Obwohl erneut wertvolle Zeit vergehen würde, bis der Brief geschrieben war, stimmten die Freunde zu. Sie sahen keine andere Möglichkeit, mit dem Hexer Kontakt aufzunehmen.

Doch zu dieser Botschaft sollte es nicht mehr kommen. Während sie noch berieten, stieß plötzlich ein schwarzer Falke vom Himmel herab und landete auf einer halb zugewachsenen Brunnenumrandung.

Ein Donnerschlag ertönte und in seinem dunklen Umhang stand der Hexer aus dem Kupferwald vor ihnen.

Seine Hässlichkeit wurde durch glänzenden Kupfer- und Goldschmuck an Hals und Armen gemindert. Leuchtend rote Sterne prangten auf Hut und Mantel.

Der Scheuch fasste sich als Erster und sagte:

„Zwar haben wir dich kürzlich erst gesehen, Großer Zauberer, aber dein Besuch kommt uns sehr gelegen. Gerade haben wir beschlossen, Verbindung mit dir aufzunehmen."

Dass ihm der Scheuch so ruhig entgegentrat, verblüffte den Hexer. Aufs Geratewohl schleuderte er einige blaue Blitze in die Gegend, die zum Glück niemanden verletzten.

„So", brüllte er, „ihr wolltet euch mit mir in Verbindung setzen? Kein Wunder, wenn ich mir anschaue, was meine Kaktusmänner geleistet haben. Noch so eine Nacht und ihr habt keine Luft zum Atmen mehr."

Der Scheuch schwieg, aber Din Gior erklärte demütig:

„Du bist sehr mächtig, Großer Kaligmo, das haben wir schon gesehen, als du an unserem Zauberwettbewerb teilnahmst. Doch warum überziehst du unsere Stadt mit diesem Dornengestrüpp? Was haben wir dir getan?"

„Da fragt ihr noch?" Obwohl der Hexer sich etwas besänftigt fühlte, schrie er weiter. „Wart ihr es nicht, die mich für meine wunderbare Festtafel mit einem dritten Preis nach Hause schickten, während die Meereskönigin und diese lächerliche Fee vom Rosa Land sich mit Siegeslorbeeren schmücken durften? Glaubt ihr im Ernst, ich würde das hinnehmen? Ich bin der größte Meister aller Hexenkünste im Zauberland und wer mich beleidigt, den trifft mein gewaltiger Zorn!"

Der Scheuch und Betty Strubbelhaar schauten sich überrascht an. Da hatten sie ihre Erklärung für die schrecklichen Vorgänge der letz-

ten Zeit. Aber konnte denn jemand so eingebildet und rachsüchtig sein? Die Prinzessin sagte:

„Das kann nur ein Missverständnis sein, Großer Kaligmo. Niemand in unserer Stadt wollte dich beleidigen. Ein dritter Preis in einem so wichtigen Wettbewerb, das bedeutet doch sehr viel."

„Viel, viel?!" Der Hexer stampfte mit dem Fuß auf. „Ihr werdet anerkennen, dass ich der Größte und Beste bin, sonst vernichte ich euch. Und ihr werdet auf meine Forderungen eingehen. Oder sollen euch meine Kaktusmänner ersticken?"

Alle waren wie vor den Kopf geschlagen. Die Leute aus der Stadt und die Bediensteten riefen:

„Nein, deine Stachelmänner sollen mit ihren Verwüstungen aufhören."

Der Scheuch aber fragte: „Was sind deine Forderungen, Kaligmo?"

„Erstens, dass ihr mich zum Obersten Hexenkünstler des Zauberlandes erklärt. Zweitens, dass ihr ab jetzt all meine Anordnungen bedingungslos befolgt. Drittens, dass ihr mir den Palast als Wohnsitz überlasst, meine Diener suche ich mir selber aus. Viertens, dass ihr mir den Eisenmann, der mich bestohlen hat, und seinen Begleiter sofort ausliefert, wenn sie auftauchen. Fünftens, dass ihr mir mein Magisches Auge zurückgebt."

Der Scheuch wollte fragen, was das für ein Magisches Auge sei, denn seiner Meinung nach habe niemand hier so etwas an sich genommen, doch Betty knuffte ihn in die Seite. Sie begriff, dass eine Diskussion mit dem Hexer keinen Sinn hatte.

„Wir werden all deine Wünsche erfüllen, Herr", murmelte sie, „du musst uns aber ein wenig Zeit lassen. Es nimmt einige Tage in Anspruch, den Palast zu räumen und deine Befehle überall bekannt zu machen."

„Einen Tag", entschied der Hexer, „schon morgen bin ich wieder da und überzeuge mich, ob ihr gehorsam wart." Er schwang seinen

Zauberstab und murmelte einige unverständliche Worte. Gleich darauf war er verschwunden. An seiner Stelle aber stieg der schwarze Falke über dem verwilderten Park in die Lüfte.

SCHWARZDORNS VERWANDLUNG

Während der Scheuch und alle, die dem Hexer zugehört hatten, noch starr vor Schrecken am Schlosstor standen, musste Jessica plötzlich an den Gefangenen im Turm denken. Vielleicht gab es dort etwas Hoffnung. Sie wandte sich an Faramant, dem es inzwischen gelungen war, einen Weg aus seinem Haus zu finden, und sagte leise:

„Komm mit, wir müssen uns um Schwarzdorn kümmern."

„Schwarzdorn?"

„Ja. Den Stachligen im Gefängnis. Du weißt, dass er gestern betrunken war."

„Du hast vielleicht Sorgen", brummte Faramant. „Unsere schöne Stadt ist in Gefahr und du beschäftigst dich mit einem Betrunkenen."

„Aber begreifst du denn nicht?", rief Jessica. „Meine Limo hat ihn benebelt und müde gemacht. Vielleicht ist das ein Mittel gegen die Kaktusmänner. Wir müssen unbedingt nachschaun, wie es ihm geht."

Da sonst allgemeine Ratlosigkeit herrschte und er seinem Herrscher im Moment nicht helfen konnte, ging der Torhüter schließlich mit. Sie liefen außen ums Schloss herum, wo noch nicht so viele Dornenhecken wuchsen, und das Mädchen bestand darauf, einen Eimer Wasser mit ins Verlies zu nehmen. Murrend half ihr Faramant beim Tragen.

Der Stachlige hockte in einer Ecke seiner Zelle und hielt sich den Kopf. Als er die Ankömmlinge sah, stammelte er:

„Durst. Gebt Limo."

Dieses Wort hatte er sich also sofort angeeignet. Der Torwächter brummte:

„Das könnte dir so passen. Dich gleich noch mal besaufen, was? Die Brause ist alle. Steck deinen Kopf lieber in den Wasserkübel."

Er schloss auf, schob den Eimer durch die Tür und verriegelte sofort wieder, denn er fürchtete, der Gefangene könnte ausbrechen.

„Du brauchst nicht so ängstlich zu sein", sagte Jessica. „Siehst du nicht, dass Schwarzdorn sich völlig verändert hat?"

Das war nun allerdings wahr. Der Kaktusmann schien nicht bloß einen Brummschädel zu haben – auch der Name, den sie ihm gegeben hatten, traf im Grunde nicht mehr auf ihn zu. Der Fremde hatte statt spitzer Stacheln nur noch kleine Höcker, seine Haut war faltig geworden, seine Farbe dunkelgrün.

„Du hast Recht", gab Faramant zu, „er sieht lange nicht mehr so gefährlich aus wie gestern. Trotzdem. Man kann nie wissen."

Schwarzdorn kam zum Gitter, nahm einen großen Schluck aus dem Eimer und zog sich sofort wieder zurück.

„Geht es dir jetzt besser?", fragte Jessica mitfühlend.

„Weiß nicht. Ja. Ein bisschen."

„Wenn wir dich freiließen, was würdest du tun?“, erkundigte sich Jessica weiter.

„Weiß nicht. In den Park gehen.“

„Freilassen kommt nicht in Frage“, schaltete sich der Torwächter ein. „Nicht ohne Befehl des Scheuch.“

„Würdest du wieder graben und Dornengestrüpp pflanzen wie vorher?“, fuhr Jessica fort.

„Kann nicht graben und pflanzen“, erwiderte der Gefangene. „Keine Stacheln mehr.“ Er wies auf seine Höcker.

„Diese Geschöpfe verwandeln sich anscheinend sehr schnell“, sagte Faramant misstrauisch. „Morgen kann er schon wieder der Alte sein.“

Das war natürlich möglich. Das Mädchen wurde unsicher. Doch sie fasste sich.

„Wie auch immer, mit der Himbeerlimo können wir die Gegner vielleicht lahm legen. Wenigstens für einige Zeit. Bestimmt wirkt sie bei allen so.“

Sie verließen Schwarzdorn, nicht ohne dass Jessica ihm etwas voreilig versprochen hätte, ihn schon bald freizulassen, wenn er sich anständig verhielte. Dann suchten sie den Scheuch auf, der mit Betty und Din Gior die schlimme Lage erörterte.

„Na gut, Prinzessin, wir haben durch deine Besonnenheit einen Tag Zeit gewonnen“, sagte der Minister gerade. „Aber was nützt das schon. Ein Tag ist viel zu wenig, um jemanden herbeizuholen, der diesem Hexer Paroli bieten könnte.“

„Dieser Jemand würde übrigens auch schwer zu finden sein“, fügte der Scheuch geknickt hinzu.

Die Puppe wollte antworten, wurde aber von Jessica daran gehindert. Ins Zimmer stürmend, rief sie:

„Wir haben ein Mittel gegen die Kaktusmänner! Du musst alle Vorräte an Himbeerlimo herbeischaffen, Weiser Scheuch, die im Schloss aufzutreiben sind.“

„Himbeerlimonade? Also ich muss schon sagen, Jessica, so sehr wir dich schätzen", begann Din Gior.

Doch das Mädchen ließ sich nicht beirren. Faramant zum Zeugen nehmend, der gleich nach ihr gekommen war, schilderte sie die Ereignisse.

Den anderen war die Verblüffung anzumerken. Schließlich erklärte der Scheuch:

„Das ist in der Tat sonderbar und hätte uns, wenn es wirklich auf alle Stachligen zutrifft, noch vor kurzem sehr geholfen. Aber jetzt?

Wie sollen wir die Dornenmänner dazu bringen, von der Brause zu trinken? Und selbst wenn wir sie ausschalten könnten – das Hauptproblem ist der Hexer."

Alle schwiegen ernüchtert, nur Betty räusperte sich.

„Bei Jessicas Limo ist mir etwas eingefallen. Zwar wird man Kaligmo damit kaum beglücken können, aber ich erinnere mich, dass wir bei unserem Festmahl damals extra Schlangenfleisch für ihn bestellen mussten. Auch unserem süßen Rotwein hat er kräftig zugesprochen."

„Was denn", fragte der Scheuch, „willst du ihm etwa Gift in den Wein tun?"

„Wo denkst du hin! Aber Willina, die auch bei unserem Zaubertreffen war, hat mir verraten, dass Fenchelzucker für eine Weile die magischen Kräfte binden soll." Die gütige Fee Willina, Herrscherin des Gelben Landes, war allen ein Begriff.

„Fenchel in den Wein oder ins Essen, wo nimmst du nur deinen Mut her?", sagte der Scheuch bewundernd.

„Wir haben doch gar keine Wahl", entgegnete Betty.

„Was die Limo angeht, so wüsste ich eine Lösung", schloss sich Jessica eifrig an. „Wir könnten dort, wo die Stachligen für gewöhnlich über die Stadtmauer klettern, ein Fass aufstellen. Bestimmt haben sie Durst und trinken daraus. Wenn ihr gesehen hättet, wie gierig sich Schwarzdorn auf die Brause stürzte."

„Und wie bringen wir das Fass bei all dem Dickicht zur Mauer?" Din Gior wies nach draußen. „Falls sich im Schloss überhaupt eins findet. Meines Wissens haben wir nur ein paar Dutzend Flaschen im Keller, für unseren lieben Gast aus dem Menschenland." Er schaute Jessica an.

Doch die bekam überraschend von Faramant Unterstützung.

„Besser als ein Fass wären offene Tröge", stellte er fest. „Wir müssten sie außerhalb der Mauer aufstellen, an mehreren Orten, damit die Stachligen nicht daran vorbei können. Es stimmt, im Palast findet sich kaum Limonade, aber in der Getränkefabrik am Stadtrand gibt's genug davon. Wir heben die Fässer mit einem Kran über die Mauer, bitten die Bauern in der Nähe um ein paar Schweinetröge und füllen die Brause dort hinein. Ich würde das in die Hand nehmen."

Jessica, die den Torwächter noch nie so lange hatte reden hören, warf ihm einen dankbaren Blick zu. Der Scheuch aber sagte:

„Nun ja, einen Versuch ist das Ganze sicherlich wert."

„Das will ich meinen", bekräftigte Betty. „Und jetzt hört zu, wie ich mir die Sache mit Kaligmo denke. Wir werden ihn morgen sehr, sehr freundlich empfangen ..."

Jessica, die mit Faramant den Raum bereits wieder verließ, bekam das Weitere nicht mehr mit. Aber sie wusste, dass ihre Freundin gemeinsam mit der Strohpuppe und Din Gior den klügsten und besten Plan gegen den Hexer austüfteln würde, den man sich vorstellen konnte.

DAS WANDERNDE FELD

Der Holzfäller und seine Gefährten hatten in der Nacht den Kupferwald hinter sich gelassen. Da sie aber Kaligmos Raben und die Kaktusmänner irreführen wollten, wechselten sie mehrmals die Richtung und standen auf einmal am Rand einer tiefen Schlucht.

„Wir müssten auf die andere Seite", sagte Pet Riva, „aber das würde sehr viel Zeit kosten und wahrscheinlich schaffen wir's auch gar nicht. Zumal wir das Magische Auge dabei haben." Er legte das Zauberglas, das die Form und Größe einer Melone hatte, vorsichtig im Gras ab.

„Wollen wir nicht mal einen Blick hineinwerfen?", fragte die Katze. „Ich würde schon gern wissen, was der Hexer treibt."

Sie richteten das Auge auf den Kupferwald, doch außer den Strahlen der aufgehenden Sonne, die sich tausendfach darin brachen, war nichts zu erkennen.

„Was ist denn nun wieder los?", brummte der Holzfäller. „Heute Nacht hat es doch noch funktioniert."

„Heute Nacht waren wir im Kupferwald. Im Reich des Hexers", erwiderte Pet.

„Du meinst, dass es außerhalb seine Kraft verliert?"

„Das wäre durchaus möglich", erwiderte der alte Fischer.

Sie versuchten es noch ein paar Mal, drehten das Glas nach allen Seiten, doch es blieb dunkel.

„Wenn es so ist, solltet ihr es in die Schlucht werfen", schlug Mia vor. „Dann zerbricht es und Kaligmo kann es niemals mehr benutzen."

Aber mit diesem Gedanken mochten sich die Männer nicht anfreunden.

„Nicht so schnell", murmelte Pet. „Bei Zauberdingen weiß man nie. Ich schleppe es lieber noch eine Weile mit mir herum."

Sie stapften wieder los, liefen am Rand der Schlucht entlang in Richtung Fluss. Plötzlich – es ging hangabwärts – hörten sie Trompetengeschmetter. Es erscholl nicht weit weg hinter einer Baumgruppe.

„Dort drüben ist ein Haus oder ein Dorf", sagte der Eiserne Holzfäller. „Da macht einer Musik."

Sie näherten sich den Bäumen und die Trompetenstöße kehrten wieder. Sie hatten aber nichts Melodisches an sich, klangen eher verzweifelt. Unvermutet wurden sie sogar von lautem Gebrüll übertönt.

„Das klingt nicht nach Musik, sondern nach wilden Tieren", brummte Pet Riva, legte aber trotzdem einen Schritt zu.

„Nach Löwe und Elefant klingt das", ergänzte Mia, die sich bei Vierbeinern auskannte. „Wir sollten vorsichtig sein."

„Löwe und Elefant? So häufig hört man die nicht im Chor. Das werden doch nicht etwa unsere Freunde aus dem Tierreich sein?" Der Holzfäller hatte es nun gleichfalls eilig.

Kurz darauf erreichten sie die Baumgruppe und blieben wie angewurzelt stehen. Ein eigenartiges Bild bot sich ihren Blicken. Vor ihnen dehnte sich ein Stoppelfeld, in dessen Mitte tatsächlich ein Löwe und ein Elefant zu sehen waren. Das Feld lag aber keineswegs ruhig da, sondern befand sich eindeutig in Bewegung. Wie ein Fluss strömte es leicht wellend dahin, ohne freilich seine Lage insgesamt zu verändern.

Der Eisenmann trat ein Stück vor und begann zu winken.

„Kein Zweifel, das sind Dickhaut und der Tapfere Löwe", rief er. „Wahrscheinlich sind sie auf dem Weg in die Smaragdenstadt, genau wie wir. Kommt, wir wollen ihnen guten Tag sagen."

„Aber was ist mit diesem Feld los, der Boden scheint zu schwanken", wandte Pet ein. „Er fließt geradezu und es sieht aus, als würden die beiden festkleben."

„Dickhaut und festkleben?" Der Holzfäller lief schon auf seine Freunde zu.

„Bleib hier, das könnte ein Zauber Kaligmos sein“, warnte der Fischer und auch die Katze miaute:

„Halt, die beiden kleben nicht fest. Die rennen und springen und kommen nicht vom Fleck.“

Genauso war es – nur liefen Löwe und Elefant nicht in der gleichen Richtung wie das Feld, sondern entgegengesetzt. Dadurch blieben sie stets an derselben Stelle.

Der Holzfäller jedoch ließ sich nicht aufhalten. Er brüllte:

„Hallo, Tapferer Löwe, hallo, Dickhaut, was treibt ihr da? Kommt hierher, hier sind wir, eure Freunde!“ Dabei winkte er weiterhin mit beiden Armen und überschritt, ohne es zu beachten, den Feldrand.

Für einen Augenblick schien das Feld zu erstarren, der Boden hob und senkte sich nicht mehr. Gleich darauf aber begann er erneut zu wellen und zog den Eisenmann in Richtung der beiden großen Tiere. Der Holzfäller wollte sich zur Wehr setzen, er versuchte umzukehren – vergebens. Erst in unmittelbarer Nähe von Löwe und Elefant kam die Erde unter ihm zur Ruhe.

Pet Riva hatte seinen Freund nicht schützen können, jetzt griff er nach Mias Schwanz, wollte sie festhalten.

„Lass los, was soll das", quietschte die Katze. Am Schwanz gefasst zu werden, passte ihr überhaupt nicht.

„Entschuldige, wir dürfen auf keinen Fall dieses Feld betreten", erwiderte der Alte.

„Das seh ich selber. Du kannst mich doch nicht mit meinem Herrn vergleichen."

Pet gab die Katze frei.

„Und was nun?", wollte sie wissen.

„Das weiß ich im Moment auch nicht. Ich muss nachdenken."

„Du glaubst, Kaligmo will uns mit diesem Trick einfangen?", fragte die Katze.

„Wenn ich's mir recht überlege, hat er vielleicht doch nichts damit zu schaffen. Er konnte ja nicht ahnen, dass wir hierher kommen. Aber mir fällt ein, dass ich schon von dem wandernden Feld gehört habe. Es soll mal hier, mal dort im Zauberland auftauchen und wer ihm anheim fällt, ist verloren."

„Das sind ja schöne Aussichten", seufzte Mia.

Inzwischen versuchte der Holzfäller – nach einer Begrüßung, die weniger stürmisch ausgefallen war als üblich –, die beiden Vierbeiner auszufragen.

„Wie seid ihr hierher geraten?", wollte er wissen. Und: „Ihr seid doch so stark. Warum schafft ihr es nicht, freizukommen?"

„Wir sind auf dem Weg zum Kupferwald, um den Schwarzen Zauberer zur Rede zu stellen", erklärte der Tapfere Löwe, der einen erschöpften Eindruck machte. „Klapp hatte uns erzählt, dass Kaligmo hinter den Gemeinheiten in der Smaragdenstadt steckt. Das Feld lag ganz ruhig da und wir dachten an nichts Böses, als wir es betraten. Aber kaum hatten wir einen Fuß darauf gesetzt, zog es uns unwiderstehlich in seine Mitte, genau wie vor ein paar Minuten dich."

„Und hier sitzen wir nun fest", fügte der Elefant hinzu. „Gehen wir nach vorn, fährt uns das Feld zurück. Wenden wir uns nach hinten, rollt es nach vorn. Springen wir nach links, fließt es nach rechts und so weiter. Wir sind schon ganz müde."

„Aber ihr könnt doch sehr schnell laufen, schneller als dieser Acker", wandte der Holzfäller ein.

„Nein. Das Feld passt sich stets unserer Geschwindigkeit an."

Der Holzfäller versuchte es. Er ging langsam, er rannte, er drehte sich um, wich zur Seite aus. Es gelang ihm nicht, die anderen zu verlassen.

„Hör auf damit", riet der Löwe und legte sich hin. „Ruh dich lieber aus. Du wirst deine Kräfte noch brauchen."

Währenddessen zerbrach sich Pet Riva den Kopf, wie er das wandernde Feld überlisten könnte. Ihm fiel aber nichts ein. Bis Mia sagte:

„Was ist denn mit dem Magischen Auge los?"

Tatsächlich ging mit dem Wunderglas eine Veränderung vor. Man konnte nach wie vor nichts darin sehen, aber es begann sich rot zu färben und schoss blasse Blitze nach allen Seiten.

„Das muss etwas mit dem Feld zu tun haben", rief Pet. „Ein Austausch von magischen Kräften oder so was. Jedenfalls erhält das Auge Energie von dem Acker."

„Und was bedeutet das?"

„Das bedeutet …" Pet schlug sich vor den Kopf. „Dass unser Zauberglas dem Feld Kräfte abzieht. Ja, genauso muss es sein! Viel kann das Glasauge sicherlich nicht ausrichten, dazu ist es zu klein, aber möglicherweise bringt es den Acker trotzdem durcheinander." Er brüllte: „Holzfäller, kannst du mich hören?"

„Ja, natürlich", rief der Eisenmann zurück.

„Ich glaube, es gibt einen Weg für euch, freizukommen. Ruht euch noch ein paar Minuten aus und rennt dann gleichzeitig los. In meine Richtung."

„Das hat keinen Zweck, wir haben es schon ausprobiert", trompetete nun Dickhaut.

„Es gibt eine Veränderung, deshalb müsst ihr es noch mal versuchen. Wartet aber auf mein Kommando."

„Na gut, meinetwegen", erwiderte der Elefant.

„Gebt die Sache nicht gleich wieder auf. Ihr müsst laufen, was das Zeug hält. Anfangs werdet ihr nur wenig vorankommen, aber mit der Zeit geht es bestimmt leichter."

Mittlerweile leuchtete das Glasauge dunkelrot. Es glühte geradezu und statt der Blitze schoss es Purpurstrahlen in alle Richtungen. Um nicht getroffen zu werden, gingen Mia und der Alte hinter einem Felsbrocken in Deckung. Pet brüllte erneut:

„Seid ihr bereit, ihr drei?"

„Wir sind bereit", kam die Antwort.

„Dann los jetzt. Rennt, so schnell ihr könnt!"

Die drei rasten los und sofort setzte sich das Feld unter ihnen entgegengesetzt in Bewegung. Doch wie Pet vorausgesehen hatte, kam es nicht richtig auf Touren. Dadurch gewannen Löwe und Dickhaut ein

paar Meter. Der Holzfäller allerdings blieb zurück. Er konnte nicht so schnell laufen.

„Vorwärts, lasst nicht nach, es geht um euer Leben!“, schrie der alte Fischer.

Der Elefant wandte sich um, packte den Eisenmann mit dem Rüssel und setzte ihn sich auf den Rücken. Das alles, ohne im Rennen innezuhalten.

Das Auge glühte und begann zu dampfen.

„Es wird bald platzen oder schmelzen“, rief Mia.

„Hoffentlich nicht zu früh“, erwiderte Pet.

Die drei hatten keine lange Strecke zurückzulegen, aber es kam ihnen vor, als müssten sie bis zur Smaragdenstadt laufen. Erst in Nähe des Feldrandes ging es ein bisschen schneller.

„Los doch, beeilt euch“, kreischte die Katze, „das Magische Auge beginnt zu schmelzen.“

Die Vierbeiner begriffen zwar nicht, was Mia damit meinte, holten aber das Letzte aus sich heraus. Um nicht herunterzustürzen, hielt sich der Holzfäller krampfhaft an Dickhauts Ohren fest.

Der Löwe erreichte als Erster das Ziel. Keuchend und zu Tode erschöpft, sprang er ins Gras am Feldrand, streckte alle Viere von sich. Gleich darauf hatte es auch der Elefant geschafft. Er ließ sich auf den Bauch fallen. Der Holzfäller glitt von seinem Rücken.

„Das war höllisch knapp“, stöhnte der Löwe, „ich hab uns schon auf diesem Mörderfeld verrotten sehen.“

„Ich hab noch nie gehört, dass jemand diesem rollenden Acker entkommen konnte“, gab Pet zu. „Ich hatte große Angst um euch.“

Der Katze war jede Rede vergangen. Sie schmiegte sich sanft und zugleich glücklich an ihren Herrn.

EIN FESTMAHL WIRD VORBEREITET

Das Magische Auge des Hexers war zu einem aschgrauen Klumpen Glas zusammengeschmolzen.

„Nun ist es wirklich nicht mehr zu gebrauchen“, brummte Pet Riva. „Werfen wir es in dieses Loch und decken es mit Erde zu.“

Sie taten es, packten noch einen großen Stein obenauf. Während sich Löwe und Elefant erholten, erzählte der Eiserne Holzfäller, was ihnen im Kupferwald widerfahren war. Er schilderte auch, wie er den alten Fischer entdeckt hatte.

„Da hast du ja noch mal Glück gehabt.“ Der Löwe zwinkerte Pet zu. „Aber wo hast du deine Zauberangel gelassen?“

„Sie ist wohl in den Spalt gefallen, in dem ich steckte. Ein Grund, schnell nach Hause zurückzukehren und mir eine neue zu bauen. Ein paar Stäbe Schlangenbambus habe ich noch vorrätig.“

„Sobald ihr zu Kräften gekommen seid, brechen wir auf“, schloss sich der Holzfäller an.

„Habt ihr noch immer vor, in den Kupferwald zu gehen?“, fragte die Katze den Elefanten.

„Natürlich“, erwiderte Dickhaut, „jetzt erst recht.“

„Mit dem Hexer ist nicht zu spaßen, gegen seine Magie seid ihr machtlos.“

„Vielleicht wenden wir den Trick mit dem Silbermoos ein zweites Mal an“, erwiderte der Löwe.

„Passt bloß auf euch auf“, warnte der Holzfäller.

Sie trennten sich. Während Löwe und Elefant die Richtung zum Kupferwald einschlugen, sorgsam darauf bedacht, nicht wieder ins Wanderfeld zu geraten, beeilten sich die anderen drei, zur Smaragdenstadt zu gelangen. Sie steuerten den Fluss an, fanden einen alten Kahn, mit dem sie übersetzen konnten, und erreichten den Gelben

Backsteinweg. Noch vor Sonnenuntergang standen sie am Stadttor. „Was ist denn hier los?“, rief der Holzfäller verblüfft. „Der Zugang ist ja völlig zugewuchert.“

„Das sieht noch schlimmer aus als vor ein paar Tagen“, stöhnte Pet. „Die Kaktusmänner haben anscheinend ganze Arbeit geleistet.“

Sie mussten die Stadt umgehen, um durchs hintere Tor auf verschlungenen Pfaden zum Palast zu kommen. Dort trafen sie zuerst Din Gior, der sie erleichtert in die Arme schloss.

„Endlich bist du da, Holzfäller. Lass dich anschaun, Pet. Bist du auch heil und gesund? Ich kann euch nicht sagen, wie froh ich bin, dass ihr dem Hexer entkommen seid. Allerdings verlangt er jetzt euren Kopf.“ Und er berichtete, was in der Zwischenzeit passiert war.

„Ihr wollt euch doch nicht etwa unterwerfen?“, fragte der Eisenmann, als der Minister seine Rede beendet hatte.

„Nur zum Schein. Der Scheuch und Betty haben einen Plan erdacht, wie wir Kaligmo überlisten können. Dass ihr hier seid, werden wir natürlich nicht verraten.“

„Wo ist der Scheuch jetzt?“, erkundigte sich Pet Riva.

„Im Thronsaal. Dort wird einiges verändert, um den Hexer morgen würdig empfangen zu können.“

Die drei eilten in den Thronsaal und blieben erstaunt an der Tür stehen. Alles war prunkvoll für einen Empfang hergerichtet. An den Wänden prangten Gobelins, die nur zu festlichen Anlässen angebracht wurden, die goldenen Leuchter und die Kristallvasen waren auf Hochglanz poliert. Von Pfeiler zu Pfeiler zogen sich Spruchbänder hin mit Aufschriften wie: WIR GRÜSSEN DEN GROSSEN KALIGMO! oder ES LEBE KALIGMO, DER BEDEUTENDE ZAUBERER! Der Scheuch und seine Frau aber gaben gerade Anweisung, seitlich eine Festtafel aufzustellen. Als sie die drei am Eingang erblickten, gab es eine stürmische Begrüßung.

„Ihr wollt diesem Banditen einen ehrenvollen Empfang bereiten?“ Der Holzfäller konnte seine Empörung trotz allem nicht verbergen.

„Und ihm ein Mahl servieren, das er nie vergessen wird“, erwiderte augenzwinkernd die Prinzessin.

KALIGMO

„Wir haben extra Schlangenfleisch besorgt, schwarzes Rattenkraut, Sumpfrüben und Pfeffermorchel – kurz, alles, was Hexer so lieben“, ergänzte der Scheuch.

„Süßen Traubenwein gibt’s dazu und ein Paket Fenchelzucker steht bereit.“ Betty schaute erwartungsvoll Pet Riva an.

Der alte Hobbyzauberer begriff sofort.

„Wein und Fenchelzucker! Ja, ich verstehe“, murmelte er.

Der Holzfäller und seine Katze blickten erstaunt auf und der Scheuch erklärte:

„Betty meint, dass diese Süßigkeit Kaligmo nicht so recht bekommen wird. Aber das könnt ihr bald selbst sehen. Ihr solltet euch darüber keine Gedanken machen. Ruht euch lieber ein bisschen aus, damit ihr morgen frisch seid.“ Er rief eine Dienerin herbei, damit sie den Gästen ihre Zimmer zeigte.

„Ausruhen kommt für mich nicht in Frage“, sagte Pet. „Ich gehe nach Hause und bastle mir eine neue Angel. Danach kann ich immer noch ein paar Stunden schlafen.“

Er verschwand und nachdem der Holzfäller begriffen hatte, dass er im Moment wirklich nicht gebraucht wurde, zog er sich gleichfalls zurück. Mia dagegen war in die Küche geschlichen, wo sie sich vom Koch mit einem Heringskopf verwöhnen ließ.

IM GLASKÄFIG

Dickhaut und der Löwe erreichten ohne weitere Zwischenfälle den Kupferwald.

„Wenn ich gewusst hätte, dass die Stachligen von hier sind, hätte ich mich nicht so an der Nase herumführen lassen“, sagte der Löwe. „Ich bin mehrmals hinter ihnen her durch den Fluss geschwommen, fand aber ihre Fährte nicht wieder. Wie ich jetzt endlich begreife, haben sie sich einfach flussabwärts treiben lassen und sind erst dann ans Ufer geklettert.“

Sie schauten sich nach dem alten Silberwolf um, von dem die Freunde erzählt hatten, denn sie hofften auf seine Hilfe. Doch sie konnten ihn nirgends finden. Er hatte sich mit einem Zinnrebhuhn in seine Höhle zurückgezogen.

Sie selbst freilich waren nicht zu übersehen. Die Nachricht vom Auftauchen zweier so großer Tiere pflanzte sich von Baum zu Baum fort. Besonders eine Herde Goldschwanzaffen spektakelte so laut, dass der Hexer aufmerksam wurde und seinen Raben ausschickte. Als er von einem Löwen und einem Elefanten erfuhr, die geradenwegs auf seine Hütte zustapften, wusste er, um wen es sich handelte. Er hatte die Vierbeiner schon früher durch sein Magisches Auge in der Smaragdenstadt beobachtet.

„Was wollen die beiden bei mir?“, sagte er zu dem Raben, der sonst ein Vorhang war. „Wissen sie nicht, dass ich dem Scheuch heute Morgen meine Bedingungen diktiert habe? Wollen sie einen Aufschub erwirken? Flieg hin und stelle sie zur Rede, bevor sie auf meiner Lichtung herumtrampeln.“

Der Rabe tat wie geheißen und setzte sich über dem Löwen auf einen Ast.

„Ihr kommt aus der Smaragdenstadt?“, krächzte er. „Mein Herr,

der Schwarze Zauberer, weiß Bescheid. Er lässt fragen, was ihr von ihm wollt."

Der Löwe erwiderte ohne jede Diplomatie:

„Na, was schon. Wir wollen von ihm wissen, weshalb er die Stadt mit seinem Dornengestrüpp überzieht."

„Das hat er heute früh bereits dem Scheuch erklärt", sagte der Rabe verwundert. „Seid ihr denn nicht auf dem Laufenden?"

Nun war es an den beiden, erstaunt zu sein. „Heute früh? Davon wissen wir nichts. Wir sind schon eine Weile unterwegs."

„Mein Herr ist beim Zauberwettbewerb gekränkt und beleidigt worden. Um sich Gerechtigkeit zu verschaffen, wird er künftig im Palast der Strohpuppe wohnen, und ihr alle müsst ihm gehorchen."

„Ihm gehorchen? Bist du nicht ganz bei Trost? Dir werd ich zeigen, was Gerechtigkeit ist!" Der Löwe sprang in die Höhe und hätte den Vogel um ein Haar mit seiner Tatze erwischt. Nur weil der schnell aufflatterte, blieb er verschont.

„Das werdet ihr bereuen. Mein Herr wird euch in Steine verwandeln", kreischte der Rabe und flog zur Hütte zurück.

Doch der Hexer, in Vorfreude auf seine Übersiedlung in die Stadt, war friedlich gestimmt.

„Such sie noch einmal auf", befahl er, „und teile ihnen mit, dass ich Gnade vor Recht ergehen lasse, wenn sie sofort von hier verschwinden. Falls nicht, sperre ich sie in einen gläsernen Käfig, wo sie elendiglich verhungern werden."

Der Rabe überbrachte die Botschaft, was den Löwen zur Weißglut trieb.

„Bin ich ein Hase, dass er glaubt, so mit mir umspringen zu können?", brüllte er. „Gnade vor Recht, was bildet sich dieser Waldschrat ein. Ich reiß ihm den Kopf von den Schultern!"

Der Vogel war schon wieder weg und hörte die Drohung zum Glück nicht mehr. Dickhaut aber versuchte den Freund zu beruhigen.

„Wir sollten wenigstens so tun, als würden wir das Weite suchen“, schlug er vor. „Bevor wir etwas unternehmen, müssen wir uns überlegen, was.“

„Das ist doch ganz klar. Dieser Bandit will sich in der Smaragdenstadt einnisten und unsere Freunde zu Lakaien machen. Das lassen wir nicht zu. Wir gehn hin und legen ihm ein für alle Mal das Handwerk.“

„Die Frage ist bloß, wie“, seufzte der Elefant.

„Na, ganz einfach. Er kriegt rechts und links Tatzenhiebe, so lange, bis er bei all seinen Hexenheiligen schwört, mit den Gemeinheiten aufzuhören. Und wenn das noch nicht hilft, wirbelst du ihn dreimal mit deinem Rüssel durch die Luft.“

„Ich glaube, das stellst du dir zu einfach vor“, entgegnete Dickhaut. „Wir haben es immerhin mit einem Zauberer zu tun.“

Sie diskutierten noch eine Weile und dem Elefanten gelang es, den Gefährten für ein taktisches Vorgehen zu gewinnen. Danach würden sie sich zunächst zurückziehen und dann von der Flanke her angreifen. Der Löwe sollte sich anschleichen und Kaligmo überraschend packen, damit er nicht zum Zaubern kam. Dickhaut dagegen wollte vorerst im Hintergrund bleiben, weil ihn sonst seine Größe verriet.

Doch der Plan ging nicht auf. Zwar ließ sich der Hexer anfangs täuschen, glaubte tatsächlich, die beiden hätten den Kupferwald verlassen, aber sein schlauer Rabe war misstrauisch, beobachtete aufmerksam alle Regungen in Hüttennähe. So behutsam der Löwe auch vorging, er konnte nicht verhindern, dass ein Messingreh klirrend aus dem Unterholz stob, ein Zinkhase ängstlich davonhetzte. Schließlich entdeckte der Vogel die sprungbereite Raubkatze nahe der Lichtung. Der Hexer trat gerade aus der Tür, um die Kaktusmänner zu rufen, da stieß der Gefiederte einen lauten Warnruf aus.

Kaligmo begriff, rannte in die Hütte und packte seinen Zauberstab. So kam der Löwe einen Moment zu spät. Zwar hatte auch er den

Warnruf gehört und war losgesaust – was hätte er anderes tun sollen –, doch als er durchs Hüttenfenster sprang, schlug ihm ein grüner Blitz entgegen und warf ihn zu Boden.

„Mengitur falagma puh!“, kreischte der Hexer. Er schleuderte eine Glaskugel nach ihm, die sich sogleich wie ein Luftballon dehnte und die Raubkatze in durchsichtige Wände einschloss. Als der Löwe wieder zu sich kam, war er gefangen. Er fauchte wild vor Wut und versuchte den Käfig zu zertrümmern, aber er tat sich nur weh. Die stahlharten, wenngleich durchsichtigen Wände trugen nicht einmal einen Kratzer davon.

Dickhaut wollte dem Freund zu Hilfe eilen und stürmte mit furchterregendem Trompeten auf die Lichtung. Bevor er jedoch das Haus des Hexers erreichte, gefror der Boden unter seinen Füßen plötzlich zu Eis, so dass er ausrutschte und zu Fall kam. Wieder rief Kaligmo seinen Spruch und wieder schleuderte er eine gläserne Kugel. Gleich darauf erhob sich neben dem Käfig des Löwen ein weiterer riesiger Glaskasten. Vergeblich versuchte der Elefant, ihn zu sprengen.

DER BANNKREIS

Am nächsten Morgen trat der Hexer auf die Lichtung hinaus, wo sich die beiden Käfige befanden. Statt Gitterstäben hatten sie nur einige Luftlöcher, damit Löwe und Elefant nicht erstickten. Die beiden verhielten sich ruhig, sie hatten begriffen, dass sie ihre Kräfte schonen mussten. Kaligmo betrachtete sie einen Augenblick, spuckte verächtlich aus und brummte:

„Ihr dachtet, ihr könntet mich überrumpeln, was? Das habt ihr nun davon. Aber tröstet euch. Ihr seid weder die Ersten noch die Letzten, die ihre Frechheit, sich mit mir messen zu wollen, mit dem Leben bezahlen." Er starrte die Vierbeiner durchdringend an, doch sie würdigten ihn keiner Antwort. „Auch gut", murrte der Hexer, „dann überlasse ich euch einfach eurem Hunger." Ohne sich weiter um die Tiere zu kümmern, ging er in die Hütte zurück, verwandelte sich in einen schwarzen Falken und flog durchs Fenster davon.

Kaligmo kam gegen Mittag in der Smaragdenstadt an, wo ihn der Scheuch, Betty, Din Gior und einige Diener bereits erwarteten.

„Na, habt ihr's euch überlegt, werdet ihr euch meinen Wünschen fügen?", fragte der Hexer drohend. – „Natürlich, uns bleibt ja nichts anderes übrig", erwiderte die Prinzessin.

„Aber zwischendurch tut ihr alles, um mich umzubringen! Ihr schickt irgendwelche Blechfiguren, einen Elefanten und einen Löwen in den Kupferwald!"

„Das siehst du ganz falsch, Großer Meister", gab nun der Scheuch zur Antwort. „Sie wollten dir nur ihre Aufwartung machen und mit dir über die Kaktusmänner sprechen."

„Jedenfalls habe ich das Trampeltier und diese räudige Katze eingesperrt", erklärte höhnisch der Zauberer. „Sie werden jämmerlich verrecken."

Die Freunde konnten ihren Schrecken nicht verbergen.

„Lass Gnade vor Recht ergehen", rief Betty. „Die beiden wollten uns nur helfen."

„Vielleicht lasse ich sie am Leben, wenn ihr mir in allem zu Willen seid. Jetzt habe ich aber erst einmal selbst Hunger. Ich habe heute noch nicht gefrühstückt."

Der Scheuch und seine Frau waren etwas erleichtert. Kaligmos Wunsch kam ihren Plänen entgegen. Sie führten den ungebetenen Gast in den Thronsaal mit der Festtafel.

„Es ist alles vorbereitet, Großer Meister", sagte betont demütig der Scheuch.

Die Speisen, nach seinem Geschmack zubereitet, aber auch die Spruchbänder und der festliche Glanz überall versetzten den Hexer in gute Stimmung. Das sah schon anders aus als in seiner Hütte im Kupferwald. Er setzte sich in einen Prunksessel, der schnell an die Stirnseite der Tafel gerückt worden war, zupfte seinen Umhang zurecht und murmelte:

„Wenn es auch noch etwas früh für das Mittagessen ist, ich werde ein paar Happen zu mir nehmen. Nachher diktiere ich euch eine Botschaft an alle Bewohner des Landes, durch die ihr mich zum Obersten Zauberer sämtlicher Reiche ringsum ernennt. Der Seekönigin und dieser Fee Stella werdet ihr die zu Unrecht verliehenen Preise im Zauberwettbewerb wieder aberkennen."

Der Scheuch, die Puppe und Din Gior schauten sich vielsagend an, vermieden aber jede Entgegnung.

Der Hexer spießte mit einer Gabel ein Stück Schlangenfleisch an. Er wollte es schon in den Mund stecken, besann sich jedoch. Sein Misstrauen erwachte wieder. „Alles ist so gut vorbereitet", brummte er. „Wer sagt mir, dass ihr mich nicht vergiften wollt?"

„Wie kannst du nur an so etwas denken", widersprach der Scheuch. „Wir sind doch keine Mörder."

„Dann kostet die Speisen, bevor ich sie anrühre.“

Betty und der Scheuch fanden den Schlangenbraten und die Sumpfrüben nicht gerade einladend, hätten aber davon genommen, wenn sie überhaupt Nahrung gebraucht hätten. Das jedoch war bekanntlich nicht der Fall. Sie erklärten es Kaligmo.

„Dann soll der Alte mit dem Bart die Speisen probieren.“

Der Alte war Din Gior. Er fand das Essen scheußlich, doch was blieb ihm anderes übrig. Um die Stadt und ihre Bewohner zu retten, hätte er ganz andere Prüfungen auf sich genommen. Er kostete also von allem und spülte die Bissen mit viel süßem Wein hinunter. Einmal, beim Verzehr eines Rattenschwanzes, würgte er ziemlich, aber es gelang ihm, seinen Ekel zu verbergen.

Nun schob der Hexer seine Bedenken beiseite. Ihm schmeckten die Gerichte und einmal lobte er sogar:

„Der Wein hat eine besondere Süße. Einfach köstlich!"

Schließlich war er satt und sagte:

„Jetzt will ich mich ausruhen. Wo ist mein Zimmer?"

„Gleich nebenan, Großer Meister", erwiderte Betty. „Wenn du mir folgen willst, zeige ich dir dein Lager."

„Nicht nötig, ich finde mich allein zurecht. Und damit ihr nicht glaubt, ihr könnt mir im Schlaf die Kehle durchschneiden, lege ich einen Bannkreis um mich." Er nahm den Zauberstab aus den Falten seines Gewandes, brabbelte einen Spruch, der sich anhörte wie lautes Krötengequake, und zog einen Kreis um sich herum. Dann wankte er in das Zimmer.

Kaum hatte Kaligmo die Tür hinter sich geschlossen, kamen Pet Riva, der Holzfäller und Mia aus einem Versteck. Sie hatten nur auf diesen Augenblick gewartet. Din Gior dagegen schlich ohne ein Wort davon. Er musste sich übergeben.

„Es könnte geklappt haben", flüsterte Betty, „er hat viel von dem Wein getrunken."

„Er hat nichts von dem Fenchel gemerkt", unterstützte sie der Scheuch. „Wenn Stella Recht hat, müsste seine Zauberkraft für einige Zeit gebrochen sein."

Hinter der Tür erklang lautes Schnarchen.

„Probieren wir's aus", schlug der Holzfäller vor. „Wir werden sehen, ob ihm sein Bannkreis hilft." Er ging zur Tür, doch als er die Klinke in die Hand nehmen wollte, warf ihn ein heftiger Schlag zurück. Für Sekunden sahen sie so etwas wie eine grün flimmernde Wand.

„Der Fenchelzucker hat die Magie nicht entkräftet", murmelte der Holzfäller enttäuscht.

Nun griff der Scheuch nach der Klinke. Er wurde ebenfalls heftig zurückgestoßen.

„Das muss noch nichts bedeuten“, sagte Pet. „Der Zucker wirkt meines Erachtens nicht sofort.“

„Aber wann wirkt er, wann?“, wollte der Scheuch wissen.

„Der Kreis schützt den Hexer jedenfalls“, ergänzte Betty. „Wir wollten ihn überwältigen, sobald er sich zurückgezogen hat. Was tun wir jetzt?“

„Er ist schlauer, als ihr dachtet“, seufzte Mia. Sie sprang auf die Festtafel und schnupperte an dem Schlangenfleisch.

„Schlau oder nicht schlau, deine Weisheit bringt uns nicht weiter“, krächzte der Holzfäller.

„Weißt du denn keinen Rat?“ Betty schaute Pet Riva an.

Der Alte kratzte sich den Kopf.

„Warten wir ab, ob der Bannkreis schwächer wird. Das wäre ein Zeichen, dass der Fenchelzucker wirkt.“

Sie standen vor der Tür und harrten der Dinge, die da kommen sollten. Ganz wohl war ihnen nicht dabei.

BESUCH AUF DER LICHTUNG

Die Gefangenen im Käfig waren in einer verzweifelten Lage. „Wenn ich schon sterben muss, dann im Kampf", fauchte der Löwe. Doch das sollte offenbar nicht sein. Genau wie sein Freund konnte er sich in dem engen Glasverlies kaum drehen.

Die Kaktusmänner, die faul auf der Lichtung herumlungerten, kamen zu den Glaskästen und glotzten die Vierbeiner an. Früher waren sie vor ihnen davongelaufen, jetzt schreckten sie nur kurz zurück, wenn die Löwenpranke gegen die Wände schlug. Schließlich verloren sie das Interesse und verzogen sich wieder.

„He, gib endlich Ruhe", fiepte eine leise Stimme über dem Löwenkäfig. „Das bringt doch nichts."

Die Raubkatze schaute nach oben. Durch eins der Luftlöcher lugte ein spitzes Schnäuzchen.

„Larry Katzenschreck!" Mit dem Mäuserich, der an einem Strauch emporgeklettert und auf den Käfig gesprungen war, hatte der Löwe hier am allerwenigsten gerechnet.

„Die Überraschung ist gelungen, stimmt's? Ich dachte mir schon, dass du irgendeine Dummheit machst. Aber dass sich auch Dickhaut von dem Hexer einfangen lässt ..."

„Wie hast du uns gefunden?", fragte der Löwe. Er schöpfte gleich ein bisschen Hoffnung.

„Nachdem wir einen der Stachligen gefangen hatten, wollten Minni und ich uns seinen Herrn anschaun", erklärte Larry. „Aber Minni hat sich an der Torte überfressen, die wir vom Scheuch als Prämie bekamen, und ist lieber zu Hause geblieben."

Der Löwe seufzte.

„Es ist schön, dich noch mal zu sehen. Helfen kannst du uns wahrscheinlich nicht."

„Immerhin weiß ich, woher dieser hässliche Waldschrat seine Kraft nimmt“, erwiderte Larry. „Es gibt da so einen sprechenden Kupferbusch hinter seiner Hütte.“

„Und woher willst du das wissen?“

„Andere wollen mit dem Kopf durch die Wand, unsereins hört sich erst einmal um.“ Der Mäuserich konnte sich trotz aller Not einen leisen Spott nicht verkneifen. „Diesen Strauch kennen alle Tiere im Wald. Sie hätten ihn längst niedergetrampelt oder aufgefressen, wäre er nicht durch einen Zauber geschützt.“

„Dann nützt es uns nichts, wenn wir über ihn Bescheid wissen“, sagte der Löwe. „Gerade die Zauberei dieses Banditen macht uns ja so ohnmächtig.“

„Ein paar entfernte Verwandte von mir, die Aluminiummäuse, sehen das anders“, fiepte Larry.

Der Elefant, der mithörte, aber nur die Hälfte verstand, mischte sich ein.

„Wovon sprichst du, Larry? Kannst du nicht ein bisschen lauter reden?“

„Ich schreie ja schon. Da hast du nun so große Ohren und hörst trotzdem nichts“, erwiderte Katzenschreck.

„Was sehen die Aluminiummäuse anders?“, fragte der Löwe.

„Der sprechende Busch braucht Kaligmos Blut, damit der Zauber wirkt“, sagte Larry. „Davon hat er in der letzten Zeit anscheinend wenig gekriegt. Meine Verwandten glauben, dass der Strauch deshalb nur noch oberhalb der Erde geschützt ist.“

„Ja und?“ Der Löwe verstand nicht.

„Bist du schwer von Begriff“, fiepte der Mäuserich. „Man kommt an die Wurzeln heran, und was ist ein Strauch ohne seine Wurzeln!“

„Du meinst, ohne den Busch wäre der Hexer erledigt?“ Der Elefant konnte es nicht glauben.

„Genau weiß ich es nicht. Jedenfalls ist es eine Chance, bestimmt auch für euch.“

Eine Pause trat ein. Dann fragte der Löwe: „Und wenn nicht? Wie viel Zeit bleibt uns noch, bis wir hier drin krepiert sind?“

„Beruhige dich", sagte Dickhaut. „Wir halten schon eine Weile durch." Und zum Mäuserich: „Wie willst du es schaffen, die Wurzeln abzureißen?"

„Ich selbst kann gar nichts ausrichten", erwiderte Larry. „Die Wurzeln sind ja aus Kupfer. Meine Verwandten könnten sie abnagen. Aber da gibt es ein Problem."

„Was für ein Problem?"

„Die Aluminiummäuse wollen neutral bleiben. Der Hexer hat sie bisher in Ruhe gelassen und sie möchten ihn nicht gegen sich aufbringen."

„Kannst du sie denn nicht umstimmen? Oder sie vielleicht bestechen? Mit Käse, mit Speck?"

„Was sollen sie mit Speck!", rief Larry. „Ja, wenn wir einen Goldbarren zum Knabbern hätten. Das wäre mal was Besonderes."

Doch wo sollten sie hier einen Goldbarren hernehmen? Nun war auch Dickhaut am Verzweifeln.

Katzenschreck taten seine großen Freunde Leid – er begriff, dass er irgendetwas erfinden musste. Er wusste nur nicht, was. Ganz ohne Spott verkündete er:

„Also gut, ich werde noch mal mit denen da unten reden. Verliert auf keinen Fall den Mut, wir finden schon eine Lösung. Sobald ich etwas erreicht habe, gebe ich euch Bescheid." Er winkte den beiden zu und verschwand.

„Am schlimmsten ist es, wenn man selbst nichts für seine Befreiung tun kann", murrte der Löwe und streckte sich, so gut es ging, auf dem Käfigboden aus. Dickhaut schwenkte ein wenig den Rüssel und sagte:

„Wenn's auch schwer fällt, wir müssen Geduld haben."

KALIGMOS FLUCHT

Der Hexer erwachte mit einem sonderbaren Gefühl. In den Fingern kribbelte es und er hatte Mühe, seine Gedanken zu ordnen. Wo bin ich, überlegte er und sah sich erstaunt in einem fremden, kostbar mit Möbeln ausgestatteten Raum um. Als es ihm wieder einfiel, wurde ihm besser. Dennoch stimmte etwas nicht. Bevor er ins Bett gekrochen war, hatte er die Schuhe und das Gewand abgelegt, nun rief er mit einem Zauberspruch die Sachen herbei, damit sie sich ihm von selbst überstreiften. Doch was sonst immer klappte, wollte diesmal nicht gelingen. Erst beim dritten Versuch waren ihm Schuhe und Kleider zu Diensten.

„Es ist der Wein, er hat den Kopf schwer gemacht", brummte Kaligmo. „Aber wie auch immer, ich muss der Bande da draußen zeigen, wer ich bin." Er straffte sich und wollte das Zimmer verlassen, als unvermutet die Tür aufging. Der Scheuch steckte vorsichtig den Kopf herein.

„Wer hat dir erlaubt ...", donnerte der Hexer und verstummte sogleich. Ihm war bewusst geworden, dass der Bannkreis, den er gezogen hatte, nicht mehr wirkte. Der Scheuch zuckte dennoch zurück. Er hatte geglaubt, Kaligmo würde noch schlafen. Die Freunde im Hintergrund duckten sich unwillkürlich.

Dem Hexer fiel etwas auf. So benebelt er war, er entdeckte jemanden, der sich ihm eingeprägt hatte. Den Holzfäller nämlich, den er noch irgendwo draußen im Wald vermutete.

„Ah", brüllte er, „die Blechfigur ist bei euch! Ihr liefert sie nicht aus, ihr wollt mich betrügen. Das werdet ihr bereuen, ich verwandle euch allesamt in Hackstöcke." Er zückte wütend seinen Zauberstab, um mächtige Blitze gegen seine Gegner zu schleudern. Doch es bildeten sich nur schwache Funken.

„Es hat gewirkt, wir haben den Lumpen“, rief der Holzfäller erfreut. Er stellte sich neben den Scheuch und zog die Axt aus dem Gürtel. Langsam rückte die Gruppe gegen den Hexer vor. Doch so schnell war Kaligmo nicht zu besiegen. Trotz des bohrenden Schmerzes im Kopf, verursacht vom Fenchelzucker, gelang es ihm, sich zu konzentrieren.

„Karinga medlewem, werdet zu Staub!“, schrie er und lief vor Anspannung rot an. Nun wurden aus den Funken Blitze. Zum Glück erfüllte sich die Verwünschung aber nicht ganz. Trotzdem stürzten die Freunde zu Boden, konnten sich nicht mehr rühren.

Pet Riva jedoch, der im letzten Moment zur Seite gesprungen war, entging dem Fluch. Schnell schwang er seine Ersatzangel und rief:

„Zauberangel, wage den Versuch,
bring ins Gegenteil des Hexers Fluch!“

Durch diesen Spruch wurde Kaligmos magische Formel zunichte gemacht, die Reglosigkeit der Freunde aufgehoben. Allerdings hatte Pet in seiner Aufregung die Angel nicht über ihren Köpfen geschwungen, sondern von unten nach oben. Deshalb sausten der Scheuch, Betty, der Eisenmann und Mia unvermutet in die Höhe und zappelten an der Decke.

Kaligmo wäre in Gelächter ausgebrochen, hätte er nicht um seine Macht gefürchtet.

„Brigmi, sadenik, zu Dung sollst du werden!“, zischte er und reckte seinen Zauberstab gegen den Fischer. Doch Pet ließ die Angelschnur knallen und die Verwünschung prallte von ihm ab.

Kaligmos Kräfte schwanden. Zwar ahnte er nichts von dem Fenchel, aber er begriff, dass man ihn überlistet hatte. Im Kupferwald, in der Nähe des sprechenden Strauchs, hätten sich seine magischen Fähigkeiten erneuert, hier schmolzen sie dahin wie Butter im Tiegel. Er wich ins Zimmer zurück, schloss die Tür und schaffte es ein letztes Mal, sich zu sammeln. Mit Mühe verwandelte er sich wieder in einen Falken, flatterte aufs Fensterbrett und über den verwilderten Park davon.

Nebenan brauchte Pet inzwischen allen Verstand, um seine Freunde von der Decke zu holen. Als er den richtigen Spruch gefunden hatte, plumpsten der Scheuch und die anderen zu Boden. Nur Mia landete weich auf ihren Pfoten. Betty dagegen hielt sich den Hintern, der Scheuch humpelte und dem Holzfäller war die Schulter ausgerenkt. Sie nahmen sich aber nicht die Zeit, den Alten mit Vorwürfen zu überhäufen, zumal ihm seine Verlegenheit deutlich anzumerken war. Die Strohpuppe stürmte als Erste in den Raum, in dem vor kurzem noch der Zauberer geschlafen hatte. Sie sahen den Hexer gerade noch als schwarzen Vogel das Weite suchen.

„Er ist uns entwischt“, rief der Holzfäller, „wir haben es nicht geschafft, ihn unschädlich zu machen.“

„Immerhin haben wir ihm eine Lektion erteilt“, sagte der Scheuch, „vielleicht lässt er es sich zur Lehre dienen.“

„Er ist geflohen und hat gemerkt, dass wir nicht alles mit uns machen lassen“, stimmte Betty zu. „Trotzdem, wir sollten auf neue Gemeinheiten gefasst sein.“

Die Katze Mia äußerte sich nicht dazu, ihr saß noch zu sehr der Schreck in den Gliedern. Das hätte ich mir alles ersparen können, dachte sie, wäre ich zu Hause geblieben, wie es mir mein Herr geraten hatte.

LARRYS HELDENTAT

Am Nachmittag erreichte der Hexer völlig erschöpft seine Hütte. Der Anblick der beiden Vierbeiner in ihren Käfigen heiterte ihn etwas auf. Ich werde einige Zeit brauchen, um wieder zu Kräften zu kommen, dachte er, aber das soll mich nicht hindern, schon jetzt furchtbare Rache zu üben. Die Kaktusmänner sollen einen neuen Angriff starten. Und er befahl ihnen, die Smaragdenstadt endgültig im Dornengestrüpp zu ersticken.

Die Stachligen machten sich auf den Weg. Sie durchschwammen eilig den Fluss und gelangten schon bald zur Stadtmauer. Sie stellten eine regelrechte Armee dar, auch wenn sie als Waffen nur ihre spitzen Dornenhände hatten. Da sie sich stark fühlten und nicht gerade vor Klugheit strotzten, ließen sie keinerlei Vorsicht walten. So wurden sie von Jessica, die neben Faramant auf der Mauer saß, schon von weitem entdeckt. Sie rief:

„Die Kaktusmänner kommen! Jetzt wird sich erweisen, ob unser Plan gelingt."

Es herrschte große Hitze und der Torwächter war eingenickt. Vor Schreck fiel er fast von der Mauer. Doch er fasste sich.

„Alles klar, gehn wir in Deckung!", erwiderte er.

Die beiden hatten – gemeinsam mit einigen Bauern und den Männern aus der Limonadenfabrik – ganze Arbeit geleistet. Überall standen Tröge mit Himbeerbrause, und zwar im Schatten, so dass sie frisch blieb und gut schmeckte.

Die Stachligen waren schnell gelaufen und deshalb durstig. Als sie das Getränk entdeckten, stießen sie ein Freudengeschrei aus. Mit großen Bechern, die Faramant und Jessica extra für sie bereitgestellt hatten, schöpften sie die Brause aus den Trögen, kosteten und begannen gierig zu trinken. Die Limonade schmeckte ihnen offenbar so gut, dass sie sich gegenseitig die Gefäße aus den Händen rissen, einander von den Trögen schubsten oder wie Tiere direkt daraus zu schlappern suchten. Mit Genugtuung stellten die beiden auf der Mauer fest, dass die Kaktusmänner gar nicht mehr daran dachten, in die Stadt einzudringen. Vielmehr setzten sie sich, sobald sie genug getrunken hatten, an Ort und Stelle hin, wiegten vergnügt die Köpfe und lallten unverständliche Wörter. Einige drehten sich auch im Kreis oder führten eine Art Tanz auf.

„Es ist genau wie bei Schwarzdorn", flüsterte Jessica, „sie werden von der Himbeerbrause betrunken."

„Ein paar schlafen auch schon", fügte der Torwächter hinzu. „Wir können sie bald gefangen nehmen."

„Wenn ich bedenke, wie friedlich Schwarzdorn jetzt ist, wird das nicht nötig sein", sagte Jessica.

„Sicher ist sicher. Unsere Leute halten sich bereit, ich hole sie.“ Faramant kletterte von der Mauer in den Park und entfernte sich eilig.

Die Tröge waren fast geleert und immer mehr Stachlige legten sich ins Gras, um zu schlafen. Hätte ihnen der Hexer, als er sie schuf, statt Schlangenblut sein eigenes geopfert, wären sie widerspenstiger gewesen. Jessica jedenfalls war nun sicher, dass nichts mehr passieren konnte. Sie verließ ihr Versteck und lief Faramant entgegen, der einen großen Trupp mit Knüppeln bewehrter Männer anführte.

„Die Knüppel braucht ihr nicht“, rief Jessica, „eher ein paar Karren. Dann könnt ihr die ganze Bande in eine leere Scheune bringen. Dort sollen sie ihren Rausch ausschlafen.“

Die Männer folgten ihrem Vorschlag und keiner der Stachligen wehrte sich, als sie auf die Karren verfrachtet wurden.

Die Vorgänge an der Mauer waren nicht unbemerkt geblieben. Ei-

nige Vögel hatten sich eingefunden, darunter die Amsel Tütü und der Storch Klapp. Während der Storch aber noch allerhand Ratschläge gab, wie mit den Stachligen zu verfahren sei, flog Tütü zum Scheuch, um die gute Nachricht zu überbringen. Jessica hatte sie darum gebeten, denn sie brauchte wegen der dichten Dornenhecken viel länger zum Schloss.

Endlich jedoch traf sie selbst dort ein und fand die Freunde sehr erleichtert vor.

„Das ist eine weitere Schlappe für den Hexer“, sagte die Prinzessin, „wir sind dir zu großem Dank verpflichtet.“ Und der Scheuch fügte hinzu:

„Also wirklich, du stehst Elli, der ‚Fee des Tötenden Häuschens‘, in nichts nach!“ Der Vergleich mit Elli aber, die ihn einst zum Leben erweckt und die ersten Abenteuer mit ihm bestritten hatte, war das höchste Lob, das er spenden konnte.

Dennoch, alles war noch nicht erreicht. Das Dornengestrüpp wu-

cherte weiter und der Hexer würde wieder zu Kräften kommen. Vor allem aber machten sie sich Sorgen um Dickhaut und den Löwen. Lediglich eine durch Minni überbrachte Nachricht, dass Larry Katzenschreck in den Kupferwald aufgebrochen sei, gab ein wenig Hoffnung. Doch was sollte eine Maus, war sie auch noch so schlau, gegen einen Zauberer ausrichten?

Allerdings wussten die Freunde nicht, was Larry inzwischen über den sprechenden Strauch erfahren hatte, und sie konnten gleich gar nicht ahnen, dass ihm letztlich doch noch eine Idee zur Rettung der Gefangenen gekommen war. Kurz nachdem er nämlich die großen Vierbeiner verlassen hatte, war ihm eine Goldohrratte über den Weg gelaufen. Kaum anzunehmen, dass die sich dem Hexer gegenüber so neutral verhielt wie seine Verwandten. Larry brauchte nur an die Rattenschwänze zu denken, mit denen Kaligmo die meisten Gerichte würzte, um seiner Sache sicher zu sein. Ohne lange zu zögern, sprach er die Ratte an. Doch sie war eingebildet und misstrauisch.

„Mit Mäusen, zumal mit denen von außerhalb, rede ich nicht."

„Bitte, wenn du dir die Riesenchance entgehen lassen willst, mit deinem schlimmsten Feind abzurechnen...", sagte Larry.

„Was weißt du schon von meinen Feinden. Da gibt es hier im Wald hauptsächlich einen."

„Stimmt, genau den meine ich", fiepte der Mäuserich.

Die Goldohrratte stieß einen Pfiff aus.

„Ah, ich verstehe. Du bist auf das Gerücht reingefallen, das manche verbreiten. Angeblich könne man den sprechenden Strauch unten annagen. Doch wir Ratten glauben das nicht. Wir wissen: Wer sich in die Nähe dieses Gebüschs wagt, fällt tot um."

„Es heißt aber, dass der Busch Blut vom Hexer zu seinem Schutz braucht und in der letzten Zeit kaum welches erhalten hat", sagte Larry. Obwohl er sich seiner Sache keineswegs sicher war, gab er seiner Stimme einen festen Klang.

„Warum hat es dann noch keine von den Mäusen versucht? Oder niemand von den Maulwürfen?“ Die Ratte blieb skeptisch.

„Die werden nicht so von Kaligmo gejagt wie ihr. Sie wollen es nicht mit ihm verderben, solange er sie in Ruhe lässt.“

„Das stimmt“, murmelte die Ratte. „Es sind alles Feiglinge und wir müssen es ausbaden.“

„Feiglinge, na ja. Ihr traut euch ja gleichfalls nicht an den Strauch heran.“

„Nag doch selber die Wurzeln an, wenn du so mutig bist“, zischte die Ratte.

Larry überlegte.

„Ich hab zu schwache Zähne“, sagte er, „und mich betrifft es eigentlich auch nicht. Aber der Zauberer hält ein paar Freunde von mir gefangen. Deshalb mache ich dir einen Vorschlag. Ich grabe mich zum Strauch durch und beweise euch, dass nichts passiert. Wenn ihr euch dann über die Kupferwurzeln hermacht, ist der Hexer erledigt. Ihr und meine Freunde – alle gewinnen dabei.“

„Meinetwegen, dein Vorschlag hat was für sich." Nun hatte das Goldohr endlich Blut geleckt. „Trotzdem, damit wir wissen, dass du wirklich beim Strauch warst, musst du eine Wurzel abreißen und sei's nur eine ganz kleine."

„Gut, ich werde mein Möglichstes tun", versprach Larry.

Wenig später versammelte sich eine Schar Goldohren in einer unterirdischen Höhle nicht weit von dem Busch. Die Anführerin, eine uralte Ratte namens Kahlschwanz, warnte den Mäuserich, irgendwelche Tricks zu gebrauchen. Sie wüssten die Wurzeln des Zauberbuschs durchaus von anderen zu unterscheiden. Doch das hatte Larry auch nicht vor. Wenn ich meine Freunde befreien will, muss ich die Gefahr schon in Kauf nehmen, sagte er sich.

Es dauerte eine Weile, bis er sich zum Strauch vorgegraben hatte. Sein kleines Herz schlug wie eine Trommel, als er die Wurzeln vor sich sah und wusste, der nächste Augenblick würde über Tod oder Leben entscheiden. Mit beiden Pfötchen und den Zähnen fasste er die dünnste Wurzel, die er entdecken konnte, und versuchte sie abzuknicken. Es gelang nicht gleich, aber ihn durchströmte ein heißes Glücksgefühl, als ihm nicht das Geringste passierte. Nun verdoppelte er seine Kräfte und hatte Erfolg. Mit stolzgeschwellter Brust legte er der Ratte Kahlschwanz das Wurzelstück zu Füßen.

Keine Viertelstunde später knabberte eine ganze Armee von Ratten an den Wurzeln des sprechenden Strauches. Der Hexer, der im Begriff gewesen war, neue Kräfte zu sammeln, spürte einen spitzen Schmerz in der Brust und wollte den Vorhangraben um Rat fragen. Doch der Vorhang reagierte nicht auf die Befehle, im Gegenteil, er wurde plötzlich mürbe, bekam Löcher. Kaligmo verließ die Hütte und lief zum Zauberbusch.

„Was ist los?", brüllte er. „Ich habe Schmerzen und meine Sprüche wirken nicht mehr."

Die meisten Blätter schwiegen, nur eins wisperte:

„Blut, wir brauchen dein Blut, die Ratten fressen an uns.“

„Mein Blut? Bist du verrückt? Ich bin ohnehin sehr schwach.“

„Dein Blut, schnell“, drängte das Blatt, „sonst ... Ende.“

Trotz seiner großen Furcht begriff Kaligmo, dass er handeln musste. Er wollte sein Messer holen, doch in diesem Moment ertönte ein Splittern und Bersten. Die Glaskäfige vor der Hütte zerbrachen. Der Löwe sprang auf, der Elefant erhob sich, noch waren sie wie gelähmt, aber gleich würden sie die Situation erfassen und über ihn herfallen. Der Hexer stürzte los, aufs Geratewohl in den Kupferwald hinein. Der Löwe, obwohl noch ein wenig wacklig, brüllte:

„Da ist der Lump! Nun kriegen wir ihn!“ Er jagte hinterher.

Der Hexer rannte um sein Leben, war allerdings nicht schnell genug. Er wollte sich hinter Gebüsch verstecken, aber da stand, die Zähne fletschend, der alte Silberwolf. Er wollte auf einen Baum klettern, doch ein Rudel Goldschwanzaffen bewarf ihn mit Kupfernüssen.

„Karigrem, mongolan, ich will wieder zum Falken werden“, jammerte er und umklammerte seinen Zauberstab. Eine kleine Schwefelwolke stieg auf, ein schwaches Licht flackerte, dann hüpfte grau und mit zerzausten Federn – ein Spatz über den Waldboden. Der Silberwolf, der noch vor dem Löwen am Ort war, schnappte zu und Kaligmo existierte nicht mehr.

„Schmeckt bitter, hoffentlich verderbe ich mir nicht den Magen“, knurrte der Wolf.

„Wenn du die Jahre mit diesem Hexer überstanden hast, überstehst du auch das“, erwiderte der Löwe.

ES GIBT VIEL ZU TUN

In der Smaragdenstadt, vor allem im Park und in den Gärten, war ein mächtiges Sägen, Hacken und Graben im Gange. Alle packten mit an, besonders auch die Stachligen, die allerdings, genau wie Schwarzdorn, keine Stachligen mehr waren. So wie Jessica es vorausgesagt hatte, verloren sie ihre Dornen und jegliche Lust, Kakteen oder Hecken zu pflanzen. Sie lernten schnell, mit Axt und Spaten umzugehen. Obwohl ein wenig faul, schafften sie, in kleine Arbeitstrupps aufgeteilt, eine ganze Menge.

„Wenn alles wieder hergerichtet ist", erklärte der Scheuch, „könnt ihr zurück in den Kupferwald und euer eigenes Leben führen. Ich hoffe, dass ihr euch mit den Tieren dort vertragt."

Die Männer nickten. Große Pläne hatten sie nicht. Einer ihrer Anführer, untersetzt und mit großen Händen, erwiderte:

„Alles wird gut werden. Nur ein paar Flaschen Limonade müsst ihr uns mitgeben."

„Ein paar Flaschen könnt ihr kriegen", lachte Betty. „Aber bloß, wenn ihr versprecht, vorsichtig zu trinken. Euer Quellwasser ist bestimmt auch nicht schlecht."

„Es kommt gleich nach der Brause", bejahte der Kaktusmann.

Der Löwe und Dickhaut waren ins Tierreich zurückgekehrt, natürlich nicht, ohne sich bei Larry zu bedanken. Sie hatten ihn und Minni zu einem langen Aufenthalt bei sich eingeladen.

Jessica war glücklich, dass wieder einmal alles ein gutes Ende gefunden hatte. Sie selbst musste nun auch nach Hause; Pet Riva hatte versprochen, sie mit seinem Kahn zum Muschelmeer zu schippern, dann war es nicht mehr weit bis zum Fliegenden Trog, der sie über die Weltumspannenden Berge ins Menschenreich bringen würde. Vor allem Großvater Goodwin, der einst selbst Herr in der

Smaragdenstadt gewesen war, würde über die neuen Abenteuer staunen.

Jessica verabschiedete sich von den Bekannten. Von Din Gior, der sich seinen langen Bart strich, von Scheuch und Prinzessin Betty, vom Holzfäller, einem der Eifrigsten beim Beseitigen der Kakteen, von seiner Katze, von Faramant, vom Hofgärtner und zu guter Letzt von Schwarzdorn.

„Es ist wunderbar, dass du keine Stacheln mehr hast", sagte sie, denn sie hatte ihn ein bisschen ins Herz geschlossen. „Wenn ich das nächste Mal hier bin, musst du mich unbedingt im Schloss besuchen."

„Oder du kommst mit deinen Freunden in den Kupferwald und wir trinken zusammen Himbeerbrause", erwiderte verschmitzt lächelnd Schwarzdorn.

INHALT

ZAU